執母之手，與母同遊

劉洪貞　著

在新的一年裡
謹以此書
獻給我最敬愛的高堂老母
黃月雲女士
並祝她平安喜樂

推薦序

人間正道是滄桑

監察院院長辦公室主任　劉省作

早春，晨曦初綻，農地裡忙碌的鄉親們整地的整地、插秧的插秧，除了工具與裝備的差異外，此與千百年來的江南水鄉農家生活幾無二致。美濃，這個南台灣的小鎮，細細探索人物風土，您將發現，她的雋永與傳統在蛻變中，是與時俱進的瑰麗及醇化，常令異鄉人讚歎、留連，更是故鄉遊子午夜夢迴的歸宿。

家父幼年即失怙失恃，憑藉個人的努力與兄嫂暨善心人士的護持，在艱困工讀的環境中，爭取到赴日進修，並順利完成學業；在日據時期，於電機專業領域，頗受肯定，也有所發揮。日本戰敗投降後，在二二八事件中受到極大的驚嚇，於是返回故鄉務農。這樣的歷程，深深影響了吾家的六個姊弟的成長；但是，雙親對子女的教養，卻是嚴謹而充滿愛心，此種善念，並擴

及宗族與親友。

家姊出生於二次大戰結束的隔年，那樣的時空景象，台灣是單純的農業社會，加上戰爭的因素，不難與歷史上任何一個戰亂的年代相連結；但是，人情的溫暖，卻相對地真誠與堅定；生活的理念，堅毅而努力，人們可謂是向天借膽，向地討生活。認分面對苦難，在欠缺與困頓中，縫補起無限個今天及希望，家家父母都是不同版本的當代阿信，活力與希望都自然旺盛。成長在這樣的歲月，因著雙親的教誨與身為長女特有的聰慧，養成了姐姐勤樸、惜福、知足暨充滿愛心的人生觀；她也以如此單純的心情，面對生活、家庭與社會。

家姊的這第七本集子雖分成三個篇章，實際上是將近期散見於各個報章雜誌的文章做整理。文中所述，皆是一貫的人道關懷、親情孺慕與生活見聞；在平舖直述中，倍見真情流露及平淡感恩。五十歲以上、與早期台灣社會生活較有接觸的讀者，細細品味，或許會有較為窩心之感同身受；年輕一代的朋友，建議可以用看故事的心情，善加體會台灣社會的本貌與演進。

處於今日擾攘的社會，本書可以是滄桑人生的一服清涼劑，印證「艱困啓智慧，性定菜根香」是顛撲不破的真理。

欣見家姊的新書《執母之手，與母同遊》即將由台北的生智文化事業有限公司出版發行，文中不時可見「行上行下不如美濃山下」的那份依戀與傳承；雖不免有些許秦少游的「自在飛花輕似夢，無邊絲雨細如愁」的思緒；但是，打脱牙和血吞的堅毅與無邊的親情繾綣，早已摻和昇華融入人生行止。一本小書，讓我再次擁抱美濃，感恩無限。

自序 生活即文章

劉洪貞

或許是平時就喜歡閱讀，看到好的作品，就像獲得一份無價之寶一樣，被感動的同時，還會把精采部分，深記腦海不敢或忘。這樣的感覺對我來說，是一種至高無上的精神糧食的享受，那份求知慾的滿足，是無形珍貴的。

有了這樣的體認後，我會用心地觀賞周遭的人、事、物，只希望能從不同的角度，去發現人性光輝；從不同的事物去體會那份發自肺腑的溫暖與感動，再用文字表達出來，讓更多的朋友來分享。

就這樣，身邊朋友的勵志故事，小朋友的童言童語，都是我樂於取材的。另外，近年來由於社會急速的變遷，生活形態及個人價值觀的改變，加上家庭人口結構的不同，在在的影響到許多人的家庭生活，造成了很多家庭

的困擾。於是關於親子互動、婚姻關係、婆媳相處、老人問題……等等的相關話題，就不斷地被提出和探討。報章雜誌就常以這些的話題來徵文，希望以不同的角度來集思廣益，提供有需要的人做個借鏡或參考，讓每個家庭更和諧美滿。

或許我對每個話題都能以很客觀的態度，並懷著同理心為出發點，很真誠地提出個人見解，所以被採用的機率很高。

於是這樣的作品會出現在《國語日報》、《人間福報》、《自由時報》、《聯合報》以及一些雜誌上。許多作品在平面媒體刊出後，也會在廣播媒體中，被提出來探討。例如：幫他們學當單親爸爸、兒子！你沒有輸在起跑點上、要橋不要牆、把老公當獨子就好啦！感謝父母沒有留下恆產、沒有子宮的媽媽……都不只被一家電台播出。

每次從廣播中，無意中聽到自己的作品被轉播，心中除了有股淡淡的驚喜之外，也會覺得那也是一份責任。不得不提醒自己，往後對任何話題，下筆時都要非常的慎重細心，才不辜負讀者的一片期望。

在本書中除了話題作品外，也記下一些親情的互動。我很慶幸家有高堂老母。想想有個老母親可以常常互動，是身為女兒的我，最感幸福、最引以為榮的。因為她的人生歷練豐富，生活平凡，個性謙卑溫柔，從她身上我可以學到很多課本上學不到的知識，我一直把她當作一本百科全書，想要什麼就請教她準沒錯。

或許是這份母女情緣，所以對媽媽，我著墨很多，我除了珍惜，也非常非常的感謝上蒼，賜給我這樣一位好母親。

儘管每天的工作很忙碌，但我從忙碌的生活中體會感動。有時睹物思人，有時看今思往，有趣難忘的童年趣事又重現了。所以書中的幾篇童年故事，對我來說特別難忘，是生命中重要的回憶。

再一次的出書，我要再一次地感謝我的父母，在困難的環境中，能讓我讀書識字，讓我圓了小小的寫作夢。也要感謝生智文化事業有限公司的閣總編輯富萍小姐的用心協助，以及小弟省作在百忙中除了撥冗賜序之外，還對

書中每篇文章逐字逐句地閱讀，希望把瑕疵去除，把最完美的呈現給讀者，在此一併致上最真誠的謝意。

欣逢一年復始，也要虔誠地祝福所有的讀者朋友們：萬事如意、平安喜樂。

目錄

第一輯　親情篇

目錄

第二輯

生活篇

第三輯　互動篇

目錄

第一輯

親情篇

是來報恩的

爸爸過世前，客居台北的我，每年回「美濃」娘家只有兩三次，總以為爸爸媽媽可以互相照顧就可以了，平時只用電話問候和請安。

但自從爸爸驟逝後，我才驚覺再多的淚水，也敵不過無情的人生，原來父母的健康不能等，能把握眼前的幸福，才是最珍貴的。有了這樣的體認後，我一改往常，變成每個月至少回家一次，趁機陪媽媽聊聊，和她抵足而眠。

娘家住的是傳統的三合院，左鄰右舍都住在一起，以前的男同學有的還住那兒，女同學都出嫁了。每次回娘家，我都會利用早晨或黃昏，天氣較涼爽時，陪媽媽在鄉間小路上散步。欣賞大自然的田園風光，看看哪家的高麗菜、南瓜、冬瓜今年長得最大顆；看看夕陽下，被輕風舞動的金黃稻穗，是否和高價的黃金一樣地閃爍著光芒。

每次和媽媽散步，難免會遇上五、六十年前的老同學。大家因為是同學，所以聊起來少了拘束，卻多了隨興和自在。那天剛拜完開庄的土地公，就遇上一位同學，他笑咪咪地向我們走過來，和媽媽道「早安」後，開口就問「喔！同學啊！妳常回來到底有什麼企圖？快說出來聽聽。」

正當我不知道該如何回答才能皆大歡喜時，身旁九十高齡的媽媽說：「我一無所有，就剩這麼一把老骨頭，她能有什麼企圖呀！是回來報恩、報恩的，哈哈！」

媽媽語出驚人的機智和幽默，不僅讓彼此哈哈大笑，也替我解除了尷尬。我忍不住地上前擁抱，感謝她的厚愛，她真的給足了我面子和裡子。

誰說人年紀大了就糊塗，我認為那可不一定，看看我媽媽，不就比我有智慧多了。

101.12.28 醒世雜誌

拾豆記

記得幾年前我到巴黎的羅浮宮，參觀米勒的名作「拾穗」時，我很驚訝，因為那畫面對我來說太熟悉了。同樣是金黃色的稻田，同樣提著桶子彎腰拾穗，同樣有親人同行，家鄉美濃每年有兩季的稻穀收割，在機器尚未代替人工的年代，每到了割稻時節，媽媽常帶著我，或我帶著弟弟，在稻田裡拾些農人們不小心掉落的稻穗。因為媽媽覺得已成熟的稻子沒拾起來是暴殄天物，太可惜了，所以只要有哪家割稻子，我們就去拾穗。如今一切都是機械化，拾穗的畫面已成過去的故事。倒是每年歲末，紅豆的收成期，我們會到豆田裡，拾些被收豆機壓倒的豆子，那情景和拾穗有異曲同工之妙。

紅豆的收成期很短，約二十天左右，是在農曆春節前，因為莊稼要趕著春耕，所以豆子一收成，馬上引水翻地，接著插秧。由於拾豆的時日很短，所以大家都很爭取時間。那天回娘家時，發現媽媽在住家附近的豆田拾豆，我就去幫忙，去分享那難得的樂趣。我們各提一個小桶子，或蹲或彎著腰，拾著掉落的豆串，有整株的，有散串的。我們邊聊天邊忙著，暖暖的冬陽，不時地灑下溫暖，讓我們備感舒適。我們的小桶子重量，會隨著我們拾豆的時間增加。

媽媽今年九一高齡了，身體硬朗，由於數十年來，她習慣了田園中儉樸的生活，所以她不顧弟弟們的反對，喜歡把拾豆當作既可運動又可享受收穫的樂事。拾豆是需要體力和耐力的工作，我很喜歡和媽媽一起拾豆子，下了田可以無拘無束，可像朋友，又可像姊妹，無所不談、無所不聊，累了就坐在田埂上，喝杯水、伸伸腰，沒什麼壓力，純粹是好玩。我們一邊忙著，一邊聽她說著一些我們姊弟的成長趣事，和老爸生前的點點滴滴。除了聽家人的故事外，也可從她言談中，感覺到一位長者因生活的豐富歷練，在面對困難或挫折時，就能處之泰然。她那份圓融與寬懷，是教科書裡學不到的。

母女同行拾豆的溫馨畫面，一直是每年歲末我最嚮往的。尤其是最近幾

年，媽媽年歲漸長，我更珍惜每一次的機會。不在意收穫多少，只為那是我們母女最難得的相聚。每一次我都大豐收，因為在拾豆的過程中，我沐浴在濃濃的母愛裡，沉醉於當女兒的幸福。最最重要的是，我又再一次地，從媽媽身上，上了一堂人生生活哲學中最寶貴的一課。

102.8.9 月光山雜誌

執母之手，與母同遊

有人說：「年記一大把了，還有媽媽的人最幸福。」我頗有同感，並沉醉於深深地母愛中。因為耳聰目明、健步如飛的媽媽，已經九十多歲了，只要在天時、地利、人和之下，我們倆還經常出遊。

婚後我一直定居台北，媽媽也始終住在南部的鄉下。雖然我們分居南北，但我們每個月至少相約同遊一次，偶爾會依天氣的狀況來增加。過去以長程為主，不同的季節到不同的國家，賞櫻花、看瀑布、搭郵輪、賞雪景，把每趟行程填得滿滿的，當然愉悅之心，也是滿得溢出來。

這幾年隨著媽媽年歲增加，我們選擇在國內旅遊，三至五天或一星期不等，反正台灣交通方便，想多玩就多玩兩天，很隨性、很自由。每一回要出遊，沒有固定行程，想在南部玩，我就南下配合，在北部的話，媽媽就北上，因此我們母女常常是南來北往。

那天聽說台北氣溫要下降十度，那就請媽媽北上囉！到陽明山泡泡溫泉，再到北投溫泉旅館參觀，接著又到美術館參觀畫展。每天的行程不同，但心情卻是同樣的愉快。周末時再到花博的舞蝶館看「台灣舞孃」的表演。每一回不管是靜態的，還是動態的，我們都滿載而歸。

上個周末我們去墾丁，沿途先到山地門，看原住民的很多圖騰，看他們種的水果、小番茄、鳳梨、芋頭。再到墾丁看海浪灑浪花，一波一波閃爍著光芒，藍藍的天，藍藍的海，海天一色，真的美極了。當我們坐在岸邊，海風涼爽，聽聽媽媽說一些過去的故事特別有趣。

我們就是這樣經常出遊，有時坐坐小火車遊山玩水，陶冶心情；有時逛逛街、吃吃美食，滿足一下口腹之慾；有時聽聽健康講座，了解養身之道，讓日子過得踏實、有趣。

我很慶幸有個樂觀健康的媽媽，我也很珍惜這份母女情緣，所以很多地方，留有我們母女的腳印、我們的笑聲，以及永恆的回憶。

102.12.30　自由時報

候鳥生活

我娘今年九二高齡，耳聰目明，生活自理，她一直都住美濃鄉下，非常習慣農村生活的自在與悠閒。

她很喜歡一大早起來就有鳥語花香，放眼一片綠油油，有前庭後院可打掃，有土地公可拜，有親如家人的鄰居可閒話家常，屋後又有空地，可種些花草活動筋骨的生活模式。

雖然老娘覺得鄉村生活讓她快樂似神仙，要住在北部的我們姊弟放心，但這兩年來小弟有感於讓老娘住鄉下不放心，畢竟年紀大了，許多小地方需要有人照顧會好些，於是把她接來台北住，沒想到才兩天，她又想回鄉下了。她不習慣出門要搭電梯，屋前屋後看不到花草，鄰居都不認識，到處都是車水馬龍的都市生活。

為了讓老娘有個很愉快的生活，來安享晚年，弟媳辭去了工作，終日和老娘相伴，陪她四處走走，到行天宮、龍山寺拜拜，到中正紀念堂、國父紀念館走走，看看展覽，盡量讓她適應都市生活。

她想來台北就住台北，想回鄉下時就陪她住鄉下。就這樣老娘開始她候鳥式的生活，冬天北部冷就回南部，夏天雨水多，鄉下地方天雨路滑，怕她出門不安全，就來住台北。

如今老娘很喜歡這樣的生活，也讓為人子女的我們放心。我覺得大部分的老人都希望老有所養，為人子女的也都希望父母老來生活安逸，若能如此，相信是皆大歡喜。

103.3.8　聯合報

口味萬千的蘿蔔

每年深秋過後，就是蘿蔔的盛產期，其中以家鄉美濃的「白玉蘿蔔」最負盛名。它細長潔白、汁多、皮薄似白玉般光潔明亮，因此有白玉蘿蔔的雅號，也是很多老饕的最愛。

從有記憶開始，每年秋收後，鄉親們就翻地，並灑下蘿蔔的種子。約四十至四十五天後，田裡綠油油的葉子下，一條條竄出地面，雪白的蘿蔔就可採收了。家家户户忙進忙出，雖然辛苦卻沉醉於豐收的喜悅中。

這幾年透過農會的推廣，很多賣場都直接到產地來採購，因沒經過中盤商，所以消費者可買到新鮮便宜的蘿蔔，也有人直接利用網路訂購，以快遞的方式取得。

蘿蔔清涼解毒，從小父母就告訴我們，它是上帝送給人類最好的禮物，要我們懂得珍惜。蘿蔔的吃法很多，葉子搓些鹽，就是雪裡紅，炒薑或辣椒，就是一道可口的小菜。蘿蔔也可以熬湯、紅燒、素炒，曬乾後還可以長久保存。以前經濟差，父母總會想盡辦法，變換各種不同的口味，來滿足我們的食慾。

在印象中媽媽會把剛離土的蘿蔔，洗淨切塊後煮味噌湯，由於新鮮甘甜、口感好，所以吃起來特別的美味，尤其在起鍋前，灑些香菜末，甘甜中飄著香菜的香味，那滿足的感覺終生難忘。

由於盛產期量很多，長得比較差的，都會留著自家食用。很有創意的爸爸，就會不斷地研發蘿蔔的做法。把它切絲後，加些蒜苗和些許的胡椒粉，拌著麵糊煎成蘿蔔絲餅，又香又酥；把麵糊改成再來米磨成的米漿，蒸成蘿蔔糕，又是另一種美食，當主食或點心，都讓我們齒頰留香。

有時爸爸把蘿蔔切成圓形的薄片，用鹽醃過後，加些香菜末或蒜苗，又是一道爽口的涼拌菜，佐餐或帶便當都百吃不厭。

父母是勤儉持家的農夫，除了利用蘿蔔變出各樣佳餚，把我們養大外，也會把吃不完的切片曬乾保存著。日後偶爾煎個蘿蔔蛋，或炒蒜苗，抑或熬

個蘿蔔雞湯，都是最美味的。他們在變化蘿蔔的過程中，讓我們從中學到，做菜要變換口味，生活也一樣，在學習中成長，

每當秋收的季節，我都利用蘿蔔做不同的菜餚，來懷念記憶中那揮之不去的蘿蔔美味。

103.3.22　人間福報

懷念孤燈下的溫暖

那天去參加一個由全省很多農會聯合舉辦的農產品展示會時，被一攤攤擺滿了五顏六色、大大小小地瓜的攤子，深深地吸引住。忍不住地買了一些紫色、橘紅色、白色和金黃色，如雞蛋般大小的地瓜。

回家用電鍋蒸熟後，我坐在餐桌前，慢慢地剝著皮。地瓜偶爾飄著縷縷的白煙，看著那熟悉的白煙，我想起了小時候，在嚴冬的夜晚，一家圍坐在孤燈下吃地瓜的溫馨情景。

五零年代農村生活大都清苦，務農的父母，要扶養我們六姊弟成長，生活上有一定的難度。雖然買不起零食，但父親、母親都想盡辦法，讓我們有個愉快豐富的童年。

他們常利用屋邊角落或河邊的小空地種些地瓜，因為種地瓜不需要大成本，也不需要特別照顧，只要偶爾澆些水肥即可。然而它的用途卻非常廣，較嫩的地瓜葉，清燙或素炒都很好吃，較老的就養豬。最重要的是地瓜長大後，賣相好的就賣給豬農，可貼補家用，比較小的就留下來自給自足。

媽媽常把剩下的地瓜刷洗乾淨後用大鍋煮熟。夜晚一家大小圍在餐桌上，媽媽會端上熱騰騰、冒著白煙的地瓜，然後在一旁縫補衣服。而爸爸會在此時邊講故事，邊耐心地剝著地瓜皮，分給我們吃。我們邊聽故事，邊吃地瓜，享受父母所賜的溫暖，讓每個滿足的童顏，開著燦爛的花朵。

逢年過節時家裡要祭祖，買不起別的祭品，媽媽會把蒸熟的地瓜去皮後，分門別類的做成地瓜泥，加上一些香料，做成鴿子蛋大小，灑上麵粉再炸，一會兒工夫，一大盤五顏六色的地瓜丸子上桌了。有時把它斜切薄片，裹上麵粉炸酥，一盤有紫、有白、有橘、有金黃顏色，色香味俱全的炸地瓜，讓我們個個垂涎欲滴，滿足了口腹之慾。

雖然當時家裡只有一盞十燭光的燈，就掛在餐桌上，但我們一家非常喜歡在孤燈下吃地瓜的溫馨氣氛。那種揮之不去的童年往事，幾十年過去了，還依然鮮明。

很感謝父母能在困苦的年代，為我們留下美好的童年，讓我每次在市場看到地瓜，都備感親切，雖然我手藝不夠好，總是做不出當年媽媽的味道，但我還是會懷著感恩懷念的心情，來享受這樣的美食。

103.5.23　聯合報

憨字底下一顆心

爸爸有五個兄弟，換句話說，媽媽有五個妯娌，在農業社會裡，這樣的大家庭會有多熱鬧，只有身歷其境才能感受。

由於家裡人多事多，在人多嘴雜又有人很自私的情況下，我經常看到伯母們，一會兒為了工作而吵架，一會兒又為了孩子的事吵架，大人們吵了架，帶著孩子、丟下工作就回娘家了。這時沒吵架的也覺得，要回娘家大家一起來呀！我憑什麼要留下來工作，家又不是只是我一個人的，當然也跟著回娘家了。

像這樣類似情況經常發生，於是讓原本進行的收割或播種的工作，會因一時人手不足而耽誤。每次發生這種事，媽媽都會告訴身為老大、跟在她身邊照顧弟妹的我：做人要憨憨地做、好好地過，大家都是一家人，沒什麼好計較的，畢竟「不是一家人，不進一家門」。

我當時年紀小，不懂媽媽的意思，但總覺得媽媽真有度量，不計較，不吵架，沒人要做的工作，她都傻傻地撿來做，而且從無怨言；和伯父母相處愉快，總是有說有笑的。不像伯母們吵了架，就像仇人一樣，大家都在冷戰，連不懂事的孩子們也受大人的影響，不能一起玩，造成家中很不好的氣氛。

媽媽常說：憨字底下有顆心，一家人只要大家都有有寬容之心相處，家一定和諧美滿。

或許是從小看到媽媽都以誠心待人，在耳濡目染下，我不管在職場上，或進入婆家的大家庭中，也和媽媽一樣懷著「憨憨地做、好好地過」的座右銘在待人處事，結果不管在哪個領域裡，我做起事來都無往不利。

感謝上蒼給了我一個不一樣的媽媽，從小就給予很正面的身教和言教，讓我懂得以寬懷之心去面對一些人、事、物，讓我的生活少了煩惱卻多了快樂、自信和圓融。

103.6.6　聯合報

甘醇芳香的苦瓜

平心而論，父親過世後上菜市場，我很怕看到苦瓜，更不輕易接觸它，就怕會勾起很多傷心難過的回憶。

家裡以前住鄉下，兩分的薄田，要養一家八口非常困難，父母親總是想盡辦法節流開源。在河邊的小空地，種可以攀藤的苦瓜，讓瓜藤攀附河邊的大樹，是最方便、最經濟的。

當苦瓜成長時，樹上掛滿了大大小小、粒粒晶瑩飽滿、像白玉般剔透的苦瓜。每天清晨父親會爬上樹，摘下滴著露珠的苦瓜，挑選過後讓媽媽挑到街上去賣，而被蜂螫過或蟲咬過、長得不好而沒有賣相的，就留著一家人吃。

由於苦瓜本身是苦的，所以孩子們都敬而遠之，每一回父親都想盡辦法，不斷地研發它的烹調，讓苦瓜成為佳餚，讓我們從排斥到喜歡。父親把洗淨的苦瓜，切成薄片汆燙後快炒，快起鍋前灑下幾粒豆豉和一撮小魚乾，再蓋鍋燜一兩分鐘後起鍋，這時苦瓜少了苦味，卻多了甘醇味，既下飯又爽口。

有時家裡的老母雞有下蛋，父親會把汆燙過的苦瓜炒過後，在起鍋前把火關小，再把打散的雞蛋澆在上面再起鍋，色澤亮麗晶瑩中帶點金黃，充滿蛋香的苦瓜就上桌了。我們愛不釋口，吃得齒頰留香，帶便當上學時，同學們聞香前來，希望以肉或魚交換，非常有趣難忘。

父親就是這樣，常常從小小的一道菜，看到他的用心和耐心。從小小的一個動作，讓我們感受到他的盡責與滿滿的父愛。父親過世後，我們很少再提到苦瓜，就怕老母親想起從前。

有一年父親節，我們全家一起陪母親吃飯，當記憶中的一大盤苦瓜炒雞蛋上桌時，我們每一個人都愣住了，面面相覷後，有人邊笑邊抹眼淚。當大家把苦瓜挾進嘴裡時，都忍不住啊的一聲說：這就是記憶中味道，甘醇芳香！

那一餐是我們一家從父親過世後第一次吃苦瓜，從那次以後，我經常用父親的方法炒苦瓜，一方面懷念父親對子女的愛，一方面利用苦瓜，先苦後甘醇的滋味，來鼓勵自己，在面對人生的挫折時，要勇敢不能沮喪，吃些苦不算什麼，等一切順利時，心中就踏實安定了，這時就像吃過苦瓜後，享受它的甘醇一樣。

102.10.19 人間福報

我要去弟弟家

自從爸爸過世後，回娘家之路對我來說是遙遠沉重的。我怕難以承受回到家看到爸爸的遺物時，那種睹物思人的喪親之痛。

然而為了能陪伴頓失老伴的媽媽，我又必須經常回家，陪她四處走走，希望透過旅遊與陪伴，來分散她對爸爸的思念。

媽媽今年九十二高齡了，身體健康的她，不固定地分別住在三個弟弟家。也就是說，我每次去看媽媽，不一定是在同一個弟弟家。但不管我去哪個家，那種回到爸爸家的感覺卻是一樣的。

用餐時弟弟們都盡量地準備爸爸在世時愛吃的家常菜，還不斷地把菜往媽媽和我的碗裡送。一句句的「嚐嚐看」、「味道合不合？」或「夠不夠軟？」，還問媽媽吃起來是否順口，就怕招待不周。

看到弟弟們揮動筷子的模樣和貼心的語氣，就讓我想起以前爸爸在世時吃飯的情景。記得每餐吃飯，他會先幫媽媽挾菜，再幫媳婦、女兒挾。他認為媳婦嫁過來，父母不在身邊，需要公婆多一些關懷。

如今看到弟弟們傳承著爸爸的家訓，我都很感動、很窩心，每一次我都含著眼淚、帶著微笑，陶醉於用餐的氣氛中。弟弟們常說，爸爸很用心，他們每個人結婚時，爸爸都會告訴他們，往後自己當家時，對回娘家的姊妹，都要以誠相待，讓她們感覺回家是一種幸福。他們體會出爸爸的用意，所以如今即使爸爸不在了，他們也會用同樣的方式，讓嫁出去的姊妹回到娘家，還是和爸爸生前一樣的開心。

聽了弟弟們的話，我很感謝爸爸的用心良苦。他善用智慧，給兒女們最寶貴的親情教育。從他的言行中，看到血濃於水以及父子手足親情的可貴。

如今去弟弟家成了我的期待，因為我從弟弟們的身上，看到爸爸善良、睿智和濃濃的愛，每一回都讓我感受到家的溫暖。也很感謝弟弟、弟妹們，對高齡老母無微不至的照顧，讓媽媽有個快樂的晚年。

103.8.22　聯合報

我們都愛吃加色姑嫂丸

我婆家是個大家族，數代同堂，人口眾多，從一歲的娃娃，到九十多歲的阿祖，平時分散各地，難得歡聚一堂，所以逢年過節時，大家都會盡量排除萬難回家團圓，大家回家時就得席開數桌，有的還會帶來親朋好友，分享我們大家族的熱鬧氣氛和層出不窮得趣事。

由於家族大，嫁出去、娶進門的特別多，每次聚會這些來自不同家庭的成員，都會把她們家最好的私房菜做出來讓大家嚐嚐。大嫂出生在基隆海邊，媽媽是做魚丸的高手，她也得到真傳，對魚丸的料理有獨到的研究。我小姑嫁到台南，她公公是虱目魚丸的經銷商，所以她也從公公那兒，學到很多煮好吃魚丸的技巧。這下可好，南北親家的絕活，都落入我們家了，好料理隨時就可登場，滿足大家的口腹之慾。

這兩位平時是上班族的姑嫂，每到了聚會時，為了給一大家子不一樣的、好吃又好看的魚丸大餐，都會特別用心，把她們的絕活相互運用並加以研發，為了兼具色、香、味，滿足口感和視覺，先把傳統魚漿分別加上紅蘿蔔汁、菠菜汁、南瓜泥、葡萄汁，再作成大大小小的魚丸，以方便各年齡層的人來食用。當鍋子裡的大骨湯熬成奶白色時，就把做好的魚丸放入鍋裡，當這些五顏六色晶瑩的魚丸，在鍋面上舞動著彩衣，爭奇鬥豔地展現亮麗時，就可以起鍋了。

當魚丸放入碗裡後，灑下一些翠綠的芹菜丁，並滴幾滴小麻油，就是一碗絕世無雙、風味絕佳的加色姑嫂丸。每個人手捧一碗，臉上都會露出燦爛好奇的滿足笑容，在那溫馨時刻，平時很難得開口的大男人，這時也忍不住地為這些姑嫂們按個讚，因為這碗姑嫂丸，太別出心裁、太有創意了。

102.2.11　聯合報

青翠欲滴香氣宜人是茴香

每年入冬以後，在菜市場只要看到茴香，我一定買一把，洗淨切碎後，拌些麵粉再下鍋，煎成小塊狀，滿足一下口腹之慾。

它和空心菜相似，整顆都是翠綠色，綠得自然樸實，梗子細長，葉子細如針，還會散發著濃郁卻乾淨的特殊香味。它可素炒、可煮湯，也可以切碎拌麵粉煎，或整顆裹上麵粉炸，又香又酥，是人間美食。

記得六零年代初期，我正好在念初中，那時候經濟很差，絕大部分的同學們，便當是地瓜飯和一些蘿蔔乾。每天中午吃便當時，班上有幾位家境較好的同學，都會到福利社，買一塊用茴香切碎拌麵粉炸的餅，就像現在的「蚵嗲」來配飯，一塊是三毛錢。

由於茴香本身就有香氣，加上炸過後香氣更濃，蘸了醬油非常下飯，所以每天吃午飯時，當陣陣的香味傳來，我就好羨慕家境好的同學，想想他們真幸福，天天都可以享受色香味俱全的美食。因為當時的三毛錢，對我來說是天文數字，每次聞到那香味，我都告訴自己，哪天我有能力時，一定要好好地犒賞自己，嚐嚐好滋味。雖然有位男同學，偶爾會偷偷地放一塊在我抽屜，但我從不接受，常趁同學們不注意時，又放回他的抽屜。因為從小父母就教導我們，不能隨便吃別人的東西，所以我謹記在心，寧願忍受著嘴饞。

當了主婦後，每次上市場，我都會注意是否有人在賣茴香，但機會非常少。據菜販告訴我，它的季節很短，加上不容易種，所以菜農不愛種，因此在台北的市場，很難買得到。偶爾有看到，我一定會買，把它處理好後，盡情地享受那充滿美麗回憶的美食，每一次我都如獲珍寶般地開心。

茴香不僅可做各種不同的美食，也因為它顏色翠綠耀眼，所以很討喜，尤其他成熟開花時更美，它的花像碗口這麼大，顏色是金黃色，隨時閃爍著光芒，所以它也是非常好的花材。

記得花博時，常舉辦花藝比賽，有一回日本小姐就以廉價的茴香花做主

題，配上紅玫瑰和滿天星，結果獲得冠軍，評審表示她插的花既高貴優雅，又洋溢著迷人的香氣，冠軍當之無愧。

102.5.25　人間福報

稿費牌洗衣機

那天我回鄉下看媽媽，一大早二弟媳婦在洗床單，並順便利用空檔，拭擦洗衣機四周。

當她擦到左上方時，發現那邊有貼東西，就蹲下身子看了看，然後唸著：稿費牌！她疑惑地看著媽媽和我，此時媽媽示意我說說來由。

我告訴她，結婚後每次回娘家，就看到媽媽天一亮就提著一大籃子的衣服，到屋後的河邊去洗。夏天還好，冬天天冷，雙手雙腳浸在冰冷的水裡，手指及腳趾都凍裂了，還滲血，看了令人心疼。

於是有一回我表示，想送一台洗衣機給媽媽，讓媽媽減輕工作。沒想到我此話一出，爸爸馬上表示，妳們薪資微薄，一家人要生活，孩子又要繳學費，那有餘力買洗衣機，更何況鄉下地方，河水乾淨又免費，洗衣服再好不過了。

媽媽也認為，洗衣機呆頭呆腦，不長眼睛又沒有雙手，怎麼知道衣服那

個部位需要多洗一下才會乾淨，所以衣服還是用手洗最好。

面對這樣的結果我很難過，明明知道父母是好意怕我破費，但我還是很挫折，覺得不能為父母盡點心很不應該。回家以後我很鬱悶，有天另一半問我是否有心事，我把自己的想法，和父母說的話，一句不改地copy給他聽。

他聽了哈哈大笑說：「薪水不能買，就用稿費買嘛！」一句話幫我解決了困擾，這時我才發覺他真的比我聰明。想想我平時陪孩子們做功課時，喜歡塗塗寫寫，投稿各報刊雜誌，運氣好時會被刊出，就會有一些稿費收入。

而我知足地認為父母給了我健康的身體，又衣食無缺，就很幸福了，生活上沒什麼花費，所以稿費幾乎沒動用，真虧另一半提醒。

趁著母親節那天，我把洗衣機當禮物。記得那天當爸媽看到洗衣機，先是有點不悅，但當我告訴他們，這是稿費換來的時，爸爸轉身找來一張小卡片，上面寫著「稿費牌」，然後貼在商標上。

弟媳聽到這兒，握著我的手說：「大姊！感謝妳和姊夫的用心！」

103.9.25　聯合報

幫老媽泡腳時

最近這陣子，春雨綿綿，水氣重，早晚溫差大，公園裡到處濕漉漉的，為了安全起見，不敢讓九三高齡的老媽再到公園散步。

或許是少了活動，加上氣候不穩定，媽媽的左腳盤和雙手掌上的關節，會隱隱作痛，讓她覺得很難受。

以前遇到這種情形，會立刻送她就醫。醫生除了給一些消炎和止痛的藥之外，都會交代適度地讓她雙腳泡泡熱水，讓血液循環順暢，這樣可緩和痛苦。

這幾天媽媽又出現手腳會痛的情形，我照醫生的指示，用微溫的熱水讓她泡雙腳。

為了要讓媽媽腳泡時舒服及安全，我勤找資料，也請教專業人士，才知道腳在下水前，要先擦上乳液，讓腳多一層保護，因為老人家皮膚薄。另外水不能太熱，免得傷了皮膚。

因為水不能太熱，而台北氣溫又低，也就是水會冷得很快，所以我只好每隔幾分鐘就加些熱水，讓盆子裡的水能保持一定的熱度。一次大約泡三十分鐘，結果效果不錯。

每次泡完腳，把腳擦乾後，再磨上乳液讓皮膚滋潤。這樣不僅能讓血液循環好，減少不舒服，還因在泡腳過程中，透過和她聊天，讓她忽略了腳的不舒服，而帶來好精神。

每天除了利用泡腳來紓緩關節的疼痛外，我也鼓勵媽媽，在屋裡還是要多走動，來來回回地走，可讓雙腳不易萎縮。走動時最好拄著拐杖，以免因為地滑，而發生意外。

我會做這些動作，只是希望利用不同的方式，讓媽媽少病痛，多健康和快樂。幸好媽媽每一次都非常樂意地配合，讓我放心不少。

每次幫媽媽泡腳時，從一些小細節中，讓我學到很多書本之外的東西。例如：面對老人因疼痛而沒有安全感時，要如何安撫？老人不願意配合時，又該如何地哄，甚至撒個小謊騙一下？

諸如此類都需要耐心和智慧，因為每個老人的個性、觀念都不一樣，需要的方式也不同。

老人問題已進入很多家庭，為人子女的要學的課題很多，希望大家能找到最合適的方式，讓長輩有個安樂的晚年。

104.4.20　人間福報

我要去買毛線

前兩天寒流過境，下午三點多我回到家時，老公就說：「媽媽出去好久了還沒回來耶！」我一聽直覺告訴我，媽媽迷路了。

最近這陣子媽媽住在我家。九十多歲的她，雖然耳聰目明、健步如飛，但一直住鄉下的她來到台北，對大街小巷一時無法記得很多。儘管我常帶著她到住家附近走走，讓她認路，並告訴她：要到公園散步，出了樓梯就往左轉，要買東西就往右轉，但不能走過紅綠燈，這樣容易迷路。

雖然每天我會用不同的方式，讓她熟悉環境，也把我家的住址、電話寫好，和她的手機放一起，讓她隨身攜帶，並交代她萬一迷路了，要記得打電話回家。

本以為這樣做就夠了，但其實不然。那天下午我先到她常去的公園找，卻不見人影，我立刻打了她的手機。

打通後我問她：「您現在在哪裡呀？」她回答：「我不知道。」我請她別緊張，若身邊有人，請對方幫忙聽個電話，結果是一位年輕人聽電話。我告訴對方，她是我媽媽，現在迷路了，不知她現在的位置是哪裡，我要立刻去接她。

對方告訴我，她在「華納威秀」。我知道那邊人潮很多，要找人不容易，只好要求對方，能否把媽媽送到附近的信義分局。他要我放心，媽媽一切沒問題。

幾分鐘後我趕到分局門口，只看到一臉驚恐和疲憊不堪的媽媽，卻沒看到那位熱心的年輕人。

在回家的路上，媽媽告訴我，這陣子住我家，受我們的照顧，她很過意不去，所以想上街買毛線，幫我們夫妻織件毛衣。沒想到店家一家家問，就是買不到。她想再過一條街可能就有了，沒想到越走越遠，怕我擔心又不敢打電話求救，就這樣在路上一直走。

聽她說著找路的緊張和焦慮，我的心就像被那長長的毛線針戳著。我多麼想告訴她，我們不要毛衣，只要看著媽媽每天都快快樂樂、平平安安就好，但那深深地母愛，卻讓我感動得說不出話來。

104.4.30　聯合報

四分之一顆的鹹鴨蛋

樓下的陳家夫婦，趁著暑假帶小朋友回南部娘家小住幾天，回來時帶了一籃子一大早才蒸熟就搭高鐵回到台北的鹹鴨蛋。

據說她娘家只有父母兩人住，自己養的鴨子生的蛋，短時間吃不完，所以把它醃成鹹鴨蛋，這樣可以耐放不容易壞。她利用回娘家時，帶一些回來分享台北的左鄰右舍。

看著手上淡綠中帶點淺藍、長圓中帶點微尖，還有點微溫的鹹鴨蛋，我的視線如倒帶般，一溜地就停在童年的記憶夾裡。

小時候家裡八口人，因生活拮据，父母在窮則變、變則通的情況下，總是想盡辦法讓我們能溫飽。家裡的劉家祠堂前，有一口大池塘，池塘四周野草叢生，藏著青蛙、小魚、田螺。在一切都沒有汙染的年代，媽媽養了兩隻咖啡色帶點翠綠色的生蛋鴨。

鴨子成天在池塘裡覓食，小魚、小蝦、蚯蚓、小青蛙和野菜都是主食，不需要餵飼料就能生存。牠們努力地吃，常常吃到脖子變鼓鼓的，好像很重，走起路來一拐一拐的，非常有趣。

牠們因為吃得多，營養又豐富，所以生蛋率非常高。除了夏天和冬天，受氣候溫差大的影響，會少生蛋外，其他季節是天天都有生蛋。牠們生的蛋又大又圓，淡淡柔柔的綠色，敲開後常常是躲著兩個金黃色的蛋黃。

爸媽為了要讓我們這群孩子，在一年難得見到魚肉的年代，能有一點點營養的補充，畢竟孩子的成長不能等，他們會把一些暫時多出來的蛋做成鹹蛋，希望在夏天和冬天青黃不接時，還有蛋可以帶便當。每當春末或中秋時，爸爸會到離家不遠的山裡，裝一些紅土回來。

把紅土和粗顆粒的鹽一起炒過，冷卻後加些水調成糊狀，再裹在鴨蛋的外殼，放一個月後就是鹹蛋了。

上學時我和弟弟加上爸爸，一天四個人要帶便當。媽媽每天幫我們準備便當時，除了裝上自家種的蔬菜外，還會把一顆鹹蛋剖成四等分，每人都有一片當主菜。

由於家裡的鴨子吃的都是野生的食物，所以生的蛋不僅大顆，蛋黃會滴油，還會飄出屬於蛋黃的特殊香氣，真是人間美食。每天中午用餐，只要掀開便當蓋，那細長如食指般大的鹹蛋，就香氣四溢，同學們好生羨慕。有時還會來個換菜遊戲，希望嚐嚐我家鹹蛋的滋味，我都很樂意配合，因為大家是好同學，就相互分享。

我們姊弟離開學校後，家裡就不再養鴨了。因為鄉村的耕種方式，有重大改變。另外農藥的濫用，也把自然生態改變了，河裡不再看到魚蝦。養鴨必須在室內，用加了抗生素的飼料做主食，加上鴨子沒運動，生出來的蛋少了自然的香氣，蛋黃的顏色不是金黃，而是淡而無味的淺黃。

如今雖然鹹鴨蛋的香氣已遠颺，但我還是非常懷念便當裡有鹹蛋的日子。四分之一顆的鹹蛋，在一個便當裡，是不容易被看到的，但它卻教會我感恩惜福的心，也讓我體會到父母為了養育子女的用心和智慧。

104.1.9　月光山雜誌

桂花蜜最甜心

父母都是愛花人，所以家中庭院都種滿桂花，每年入秋之後，就是桂花飄香的季節。

桂花香氣清新濃郁，花期很長，從初秋到次年的初夏，它們始終開著米色的小花朵，讓整個屋子飄著讓人舒適喜悅的芬芳。

桂花香氣宜人，可泡茶、可釀桂花蜜。每年桂花花開時，父親會摘一些下來，分配在不同的盤子裡，我們一人分一盤，用牙籤把細葉或變色的花撥掉。

父親把處理過的桂花，放入空瓶加入蜂蜜，半年之後就成了桂花蜜。秋天時氣溫變涼爽，母親會把蒸熟的南瓜、地瓜、芋頭壓碎，加上麵粉，做成小湯圓。

把煮好的小湯圓加入桂花蜜，既香醇又軟Q，吃得每個人滿臉燦爛。

風起時，吃桂花做成的點心，坐在桂花樹旁嗅聞花香，堪稱秋天最享受的事。

104.9.26　聯合報

媽媽在我家

幾個月前住鄉下的弟弟，因有所不便，怕對九十多歲的媽媽疏於照顧，所以我把媽媽接來台北我家。

我深知要讓一個住在鄉下將近一世紀的老人，住在都市裡的樓上，對她來說是多麼不習慣。為了要讓媽媽適應都市生活，我們夫妻稍稍改變生活作息。

在鄉下，媽媽起床後先灑掃庭院，再到家裡附近的土地公廟拜拜，然後回家閱讀書報，做些她自己的鎖事，過一天的生活。在台北起床後，我陪她到屋後公園散步，公園裡有花草，還有一座土地公廟可拜，這情景和家鄉相似。

從公園回來，她除了有很多書報雜誌可看外，偶爾我會帶她到市場走走，讓她感受到台北和鄉下市場的不同。無奇不有的市場風景，不僅提高了

她的興趣，吃到好吃的美食，也滿足了她的好奇心，更重要的是，這裡會讓她暫時忘了想回家。

偶爾我帶她搭捷運，讓她自己刷卡，她告訴我電腦不僅會挑土豆，還會驗車票，很厲害。我上圖書館時也帶著她，讓她和許多愛書人一起看書看報，體會都市裡的圖書館文化。

有時帶她到國父紀念館、歷史博物館看畫展或文物展，也常帶她到住家附近的「信義誠品」買買書。愛書的她剛進誠品時，被它滿坑滿谷的書深深地吸引住。她覺得台北真好，有那麼大的書店。看到這麼多人愛看書，她認為看書是最好的休閒，又可增長知識。

媽媽來後我都盡量地安排她體力可負荷的活動，只希望分散她一直想回家的念頭，希望她能生活得自在些，不要老想著住女婿家不對，或擔心家裡的鴨子、花草沒有人顧。

有時她很想回家，希望自己搭車回去，每一回我都騙她，九十歲以上的老人搭車，沒人陪不能搭。看她失落的樣子，我的心會好痛，知道自己很殘忍，但為了她的安全，我別無選擇。

昨天當她知道小弟過些日子要來接她，她精神特別好，告訴我她整夜沒睡哪！

104.2.15 自由時報

一線傳溫情

換季了，整理衣服時發現好幾件毛線衣，是以前住眷村時，一些婆婆媽媽教我，為孩子們編織的。

每件毛衣的顏色和織法都不同，有平面的、有麻花的、有勾花的。式樣有套頭的、有前面扣釦子的，還有小背心、小襪子、小帽子等等。

那時候每天利用家事的空檔，揹著孩子，一針一線努力地編織，只希望快點織好，讓孩子穿在身上暖和身體。每當看到孩子們穿上毛衣之後，那種開心的樣子，我的心也充滿了成就的喜悅。

歲月匆匆，如今他們長大成人了，毛衣卻變小了。看著一疊袖口、領口和手肘的部分已有些破損和褪色，其他部分又完好如新的毛衣，我想我該重新賦予它新的生命。因為這些曾經是我一針一針編織成的，每件毛衣的上面，都有一個母親對孩子的期待，也充滿了孩子們成長的歡欣。

為了要留下這些毛衣，我把全部都拆了，把不好的部分去掉，其他的清洗乾淨後，再重新編織。因為線量變少了，衣服又要變大件，我只好用混搭的方式來完成。

有的是袖子和身上的顏色不一樣；有的變條紋狀，每個條紋的顏色都不同；有的袖子和領口是一個顏色，其他的部分又是另一個顏色，反正我盡量做到線盡其用，以免浪費。

就這樣，有的原本是套頭的，如今變成了背心；有的原本是前開的外套，現在變成套頭的。而且每一件新衣裡都有好幾個顏色，都有兒子、女兒穿過的痕跡，以及個人的味道，還有成長的故事。

那天當他們都回來，穿上新毛衣時，每個人都笑了，拉拉衣領，看看彼此，大家笑得更大聲。每個人都驚訝，日子怎麼會過得這麼快。

還記得念小學時穿的心情，及念高中時穿的模樣，雖然往事歷歷，如今卻一切變了。人長高了，衣服也長大了。

難得的是，一條毛線可以延續數十年，讓親情的那股暖流，未受時光流逝的影響而改變，反而變得更緊密、更溫暖。

105.2.2 聯合報

紅豆情事

趁著連假回「美濃」娘家，看看九十多歲的媽媽。假期結束要回「台北」時，和媽媽同住三合院的堂弟媳，送我一包約三斤重的紅豆。她說：鄉下地方沒什麼好東西送妳，家裡正好有一些自己種的紅豆，沒灑農藥，可以安心吃。

手裡抱著一大包的紅豆，我除了感激她的熱情分享外，也讓我想起很久很久以前的往事。

小時候兄弟姊妹多，生活不寬裕，務農的父母為了要餵飽我們的肚子，總會想盡辦法四處開源。除了利用河邊各個轉彎處，不影響他人走路的小空地，種些短期的蔬菜外，也會利用每年秋收過後到春耕之間那段田裡閒著沒耕種的機會，種些紅豆來換取微薄的收入，用以貼補家用。

紅豆算是短期農作，從立秋後就要種下豆種。田裡因剛割完稻子，所以不用翻土，我們直接就把兩粒紅豆種在稻禾的根部。從六、七歲開始，每年種豆時，我手裡拿著裝滿紅豆的小罐子，從田頭種到田尾兩粒一組，一行種完換一行。因為整天蹲著，有時腳痠，難免會跌坐地上，讓紅豆灑滿地。此時要以最快的速度把它撿回罐子裡，否則當它發芽時，整堆的豆苗會告訴父親，我的罐子曾經打翻過，而且我又偷懶，沒有把它撿起來。

紅豆發芽後慢慢地成長，經過施肥除草，就開花結果，在農曆年前後幾天就可收成。它大部分外銷日本，少部分內銷做小吃，價錢算公道，只可惜我家田地少，產量很有限。儘管收入不多，但對捉襟見肘的生活來說，也是不無小補。

由於豆子從入土到收成這段時間，靠田吃飯的家裡是沒有絲毫收入的，然而一家八口日子還是要過。為了解決家中的開銷，一些從事稻米買賣的商人，就會藉機到家裡來問父親需不需要「糶豆青」。

也就是說商家先預支一些錢給種豆人家（一般約五成計算），等豆子收成時，商家就可依當初的約定來取豆子。扣掉先前預支的，多出來的再賣給商家。

當紅豆收成時，由於事先已經先向商家借了款子加上利息，所以七除八扣後，就所剩無幾。

每年要採收紅豆時，家裡請不起工人，而我和弟弟正好在放寒假，就被派上用場。每天從早到晚，我們戴了斗笠，就跟著父母下田，把成熟落葉的紅豆梗拔好收集成堆，讓父母用畚箕挑回家，曬乾後去殼整理乾淨，再交給商家。

過年時每次看到別家的孩子都開心地玩耍過新年，而我們就要下田拔紅豆，心裡總覺得很委屈。當時年幼無知的我還會怪爸爸為什麼要「耀豆青」，把紅豆先廉價賣了，不僅讓家裡的收成少了一大半，我們的寒假也泡了湯。

婚後自己當家，發現家裡除了正常的開銷外，很多的支出是預算之外，無法預知的。這時我才能體會父親當時「糶豆青」的無奈，以及當家的難言之苦。

如今想來，我反而很感謝父親當時的決定，因為「糶豆青」，家裡才有一筆小錢，讓母親幫我們六個兄弟姊妹，買一雙新鞋子、一套新衣服，還蒸一籠年糕，來甜甜小嘴。

我們也因為這樣，才能享有穿新衣、穿新鞋、吃年糕，快樂滿足過新年的美好難忘的回憶。

104.12.6　聯合報

卡桑的處世哲學

媽媽是受日本教育的，所以我們從小都叫她「卡桑」，沒叫她「媽媽」。

客家庄有個習俗，新娘子娶進門時，一定要由一個子孫滿堂、健康又長壽的女性長輩，把新娘牽進新房。希望這位新娘，在人生新的旅程上，往後一切就像這位長輩一樣，多子多孫，長命富貴，福祿雙全。進了新房後，這位長輩還要說幾句吉祥話做為祝福。

卡桑九十多歲了，身體健康，子孫很多，吉祥話說得好，所以村子裡晚輩結婚，都會來請她牽新娘，希望為新娘子新的人生帶來好采頭。

那天她又被請去牽新娘，當新娘進房時，我聽到卡桑對新娘說：往後待人處事，心要寬、骨子要硬、腰要軟、量要大，只要記住這四要，凡事就會很順利。

聽到這些似曾相識的話，讓我想起結婚時卡桑也是以這些話勉勵我。我婆家是大家庭，家裡幾十個成員，同住一個屋簷下，有老有少，要吃要喝。

由於年齡層不同，教育程度不一樣，所以有些事會因觀念的不同，和想法上的差異，難免有摩擦，造成彼此的不愉快。每次遇到這樣的事，我就會想起卡桑說的話：心要寬，心寬就會路廣。放大心懷接納不同的意見，紛爭自會減少，大家相處必定會和諧。

對於骨子要硬、腰要軟，我也有相當的體會。畢竟在生命的過程中，不管婚姻或事業，難免有不順遂的低潮期，此時不能怨天尤人，不能事事求人。要化悲傷沮喪為力量，不能向命運低頭，要放下柔軟的身段，以謙卑之心努力學習，想辦法化險為夷，才能度過難關。

至於量要大，我認為一個有度量的人，必能廣結善緣，人際關係一定很好。人際關係好對家庭、事業必定是加分的，所謂量大就福大，是有它一定的道理。

卡桑的話看似簡單，卻充滿哲理，靜下心來慢慢去體會，總會有所頓悟，終身生用無窮，難怪大家喜歡請她牽新娘。

104.11.10 聯合報

第二輯

生活篇

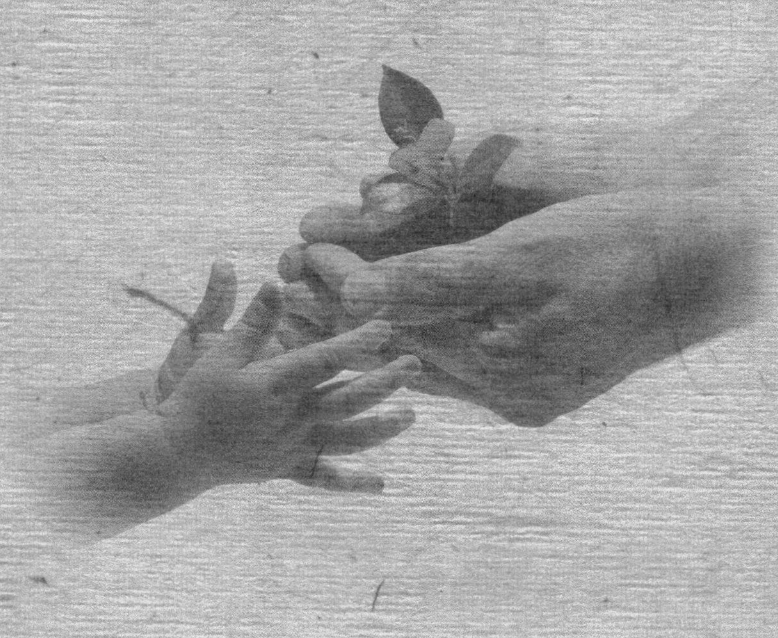

那一年曾經發生的事

今年國中會考放榜，很多學生學科成績優秀，卻因為作文成績不達六級分，而擠不進第一志願。

此時許多家長和老師才驚訝到作文的重要，原來作文分數，會直接影響心目中最好的學校。於是如何提升作文能力，一時之間成了熱門話題，很多學者、專家紛紛出來提供意見。

有人說：「讓孩子從小養成寫日記的習慣，日子一久，作文能力自然就會好。」也有人表示，要廣泛地閱讀不同的讀物，來增加見聞，這樣可豐富作文的內容。還有人認為，多培養孩子寫信，透過寫信來磨練文筆。

雖然專家學者的意見都不錯，就看莘莘學子的接受度。不過提到寫信，我倒想起一段童年往事。民國四十七年八月二十三日，中共對金門發動猛烈的炮戰，就是俗稱八二三戰事。這一戰造成我國軍官兵在金門的重大傷亡。

當時美濃有很多年輕人就在金門當兵。對於十天半個月，鎮公所傳來哪家寶貝兒子又犧牲的消息時，總是人心惶惶。

伙房裡招贅的來妹姑姑，她新婚的大兒子就在前線，媳婦還身懷六甲。婆媳兩人只要一提到金門，就淚眼婆娑。在資訊不發達的年代，加上她們都不識字，有話想關心，還真是無從傳達，只好把當時念小五的我當信童，幫她們透過書信，來表達彼此的關懷。

儘管我認字不多，但她們對我信心滿滿。姑姑要我到她房裡，她邊說邊哭，我一邊記下她說的話，一邊跟著抹眼淚。她說完了我又到隔壁房，表嫂同樣一把鼻涕一把眼淚，有時說到泣不成聲，讓我好尷尬。不過小小年紀的我多少可以體會出，這兩個女人對同一個男人的愛有多深，母子之愛，夫妻之情，同樣地感人，尤其在戰爭的時刻。

好不容易聽完她們的交代，我回家寫信時，才發現她們說的話，很多是重複的，都離不開要表哥在金門萬事要小心，不能獨自外出，以免發生意外，至於家裡一切很好，不用擔心。

由於她們每次要我寫的內容都大同小異。漸漸地我會在信上加上一些生活點滴，包括那家生了一對雙胞胎，那家在中秋節娶了美嬌娘，外銷日本的香蕉又漲價了，農民的生活好多了等等。只希望在戰地的人，了解家鄉事後，能放鬆心情。

或許是當時我常寫信到前線，無形中多了一些經驗，所以小六時的兒童節，我到旗山去參加慶祝兒童節的作文比賽，很巧作文題目就是當時常被聯考拿來當作作文題，與時事息息相關的「給前線將士的一封信」。

結果我很僥倖地得到高年級的第一名，獎品很豐富，有一支黑色的派克鋼筆，和一打紅白線條相間、尾端有橡皮擦的鉛筆，讓我好開心。

一直到表哥退伍，我的信童工作才結束。若問我常寫信，是否能提高作文能力，我不敢說是絕對的，畢竟每個人的領悟力或表達能力不一樣。但我絕對相信寫信的人是快樂的，因為透過書信，表達了對收信人的關懷；而收信人必定是幸福的，因為他從信中感受到被關懷的溫暖，相信這一切是無庸置疑的。

103.7.29　月光山雜誌

路是無限寬廣

經常聽到有家長説，現在的大學畢業生滿街都是，就是找不到工作。但我們是否回過頭去看看，這些喊著找不到工作的孩子，念大學時是很努力地學習，透過這四年儲備了很多珍貴的專業的能量，來作畢業後就業的準備，還是任由時光流逝，得過且過地虛度光陰。

姪女的女兒小燕，五年前大學聯考因考得不理想，而上了某私立大學的西班牙語系。當時當父母的希望她重考，她們認為這個系不熱門，將來求職不容易。但小燕很堅持，她認為這個系比英語系好，因為念的人少，她要父母放心，只要給她機會，她就全力以赴。

在大學裡別人談戀愛、打工，她猛跑圖書館找資料，希望對西班牙多一些認識；也透過網路購買西班牙語的CD，努力地勤學西班牙語。暑假時參加交換學生的考試，也如願通過而成行。

當交換學生時，她利用難得的機會，穿梭在西班牙的大街小巷，並錄下自己和當地人交談的情形，回國後不斷重聽，找出自己的缺點藉機改進。她就是這樣，隨時把握機會並用心學習，畢業時是第一名。

她除了主修西班牙語，還兼修英語。去年畢業後，她到大陸應徵某大飯店的櫃台員，結果以很優秀的成績被錄取。經過三個月的受訓，如今已開始上班，月薪六十K起跳。

鄰居的蕭小妹，念的是某私大的會統系，她很用功，大學還沒畢業，就已經拿到六張相關科系的證照。去年畢業後參加高考，結果順利考上，如今在銀行上班。

她們的故事告訴我們，只要認真用功，努力學習充實自己，有一天你的努力會被發現，而且會被肯定。

我覺得有機會進入大學，就該好好地珍惜，因為年輕就是最大的本錢，體力好、記憶力又強。這些優勢的條件，是別的年齡沒有的，也是儲存能量的最佳時機。

具備了足夠的能量，踏入社會就有就業的籌碼，所以準備好了再上路，路就無限寬廣。

104.3.13 聯合報

適時地伸出援手

家裡訂的《聯合報》，前陣子連續兩天沒收到。第一天我沒在意，以為是送報生漏送或投錯家了，但第二天又沒收到，我便認為有問題了。

於是上樓去問張大哥，因為他家也訂一樣的報紙，又是同一個送報生，結果他家的情形和我家一樣，因此我認定，送報生出了狀況，因為這種情形從未發生過。

為了瞭解真正的原因，我撥了一通電話給送報生。她告訴我：機車壞了，修車費要七千元，她一時湊不出來，只好先借了一輛腳踏車送，但因為她家住土城，要送到台北東區太遠，所以這兩天沒送，明天開始一定會送，並希望我們能原諒她。

我放下電話，心想一個單親媽媽，沒有穩定的工作，要租屋，要養家，真的很辛苦。為了增加收入，她利用清晨送報紙，送完報紙再去做打掃的工作，傍晚又去黃昏市場做點小生意，來貼補家用。

我把大概的情形告訴張大哥，他表示既然車子壞了，一時之間又沒能力修，而送報紙沒有車子又不方便，那他想把平時代步的機車送她好了，雖然不是新車子，但再騎個三年兩載的絕對沒問題。

不過張大嫂卻認為，張大哥出門一旦少了機車，一定很不方便。張大哥則表示，機車對他來說只是代步，少了機車自己頂多多走點路而已，當做運動無所謂。而對送報生來說，機車就是謀生工具，對一個家來說是生活的依靠，缺它不可，救急總比救窮好，張大嫂聽了點點頭。

他要我把這件事告訴送報生，並請她盡快地把需要的證件送來，好辦理過戶。就這樣，張大哥把機車送給送報生，暫時解除了對方的燃眉之急。從那天以後，每家的報紙都準時送到了。

我常覺得當別人有困難時，我們在能力範圍之下，適時地伸出援手給予幫助，對自己沒什麼損失，對別人卻是非常重要的。張家夫婦的熱心助人，讓我非常感動。

103.2.16 聯合報

拼湊人生，精彩繽紛

十多年前當孩子慢慢長大，家裡的開銷也隨著水漲船高時，只靠單薪開支是很緊的。而身為主婦的我，有心要開源，一時之間要找到合適的工作卻很難。

在幾經思考後，我發覺善用資源、發揮專長比較實際。當時環保意識剛起步，很多機關團體呼籲少使用塑膠袋，改用可以重複使用、可以水洗又輕又耐用的布製品。我心想家裡有縫衣機，我又有洋裁基礎，不如買些布料，做些布包拿到住家附近的菜市場去賣。一方面它成本不高，對我不會造成經濟的壓力，而且每天又有現金收入，可貼補家用；再方面菜市場離家近，做生意的時間又不長，不會影響我對家的照顧，真是兩全其美。

有了構想我就開始行動，先到百貨公司逛逛，看看時下流行什麼樣款式的包包，並上網瀏覽一番，做為參考。當心裡有了概念後，我開始買布、剪裁、縫合。先買十種不同圖樣的布，試試水溫，再依圖案做不同造型的包包，來配合不同的消費年齡層的需求。有大型購物袋，有不同尺寸的背包，有手提袋，也有裝便當的、裝水壺的、裝化妝品的、裝鈔票的，反正只要我想得到的我都做。

為了不浪費，能布盡其用，每塊布都先做大的，再做小的，連最小的都做不起來時就接別的，只要接得巧妙，即使是拼拼湊湊，同樣可以做出很別致，而且是獨一無二的包包。每天早上孩子們上學後，我就把前一天做好的包包，帶到菜市場去賣，中午收攤時就帶些菜回家，一點都不影響家庭作息。孩子們也不知道我在做生意，而我家的收入，就一點一滴地在增加。

我的布包以車縫為主，也接受訂做，有人喜歡同一系列的圖案，要做抱枕、洗衣機的套子、冰箱蓋、電鍋蓋、桌巾等等，只要時間允許，我都來者不拒，盡量配合對方的需求。由於我對品質的要求很嚴，所以深獲顧客的喜愛，因此生意很好，相對地我也變很忙，每天忙完家事，就忙著拼拼湊湊，儘管如此，我卻不疏忽一針一線。我一直把每個包包當作藝術品在縫製，只希望顧客用得很歡喜。

自產自銷是很忙，但我卻樂在其中，它讓我忙得很有成就感。我也很喜歡菜市場的生態，我一直覺得，它是一所社會大學，那是臥虎藏龍的地方，三教九流的人都有，每天在那兒做生意，可看見人間百態，體會人情的冷暖，可學到很多課本上學不到的東西，無奇不有的故事，正好提供了愛塗鴉的我最豐富、最寫實的題材，讓我有寫不完的精彩篇章。

想當初只是為了方便顧家，以及對金錢沒有很大的需求，而選擇在菜市場做小生意，沒想到它為我帶來收入，也讓我的生活變得充實、有趣。

102.6.28　人間福報

能做有興趣的事最快樂

看完「誰為孩子的人生負責？」後，讓我想起一段往事，大女兒從小就愛畫畫，小學老師發現後，希望她能找個專業老師指點。我們知道以後，每星期讓她去學兩個小時的美術課，國中時為了功課，暫停了一陣子。

進了北一女後功課雖緊，但她還是常畫，也多次代表學校參加比賽，都有好成績。考上政大後，她學的是和美術不相關的科系，但她依然沒放棄美術，學業成績也和過去一樣很優秀。畢業時還開了人生第一次很成功的西畫展。

剛畢業時，從小到大都在念書，好不容易卸下學生身分的她，想出國看看。從歐洲遊學回來，她告訴我歐洲的文藝氣息非常濃厚，街頭巷尾都有藝術作品，不同的博物館裡，展示著世界各種藝術品，讓人不得不陶醉在美的境界中，那種幸福快樂難以形容。

所以她希望趁著年輕，能到藝術之都——巴黎，去學些新的東西，她也要我放心，往後的工作問題，她的所學找工作不難，她的進修等於是準備第二專長，這是個進可攻、退可守的方法。我告訴她，利用年輕多學點東西是對的。

第一年她先到美國拿了學位，也在這一年中，努力學習法文，順便申請法國的藝術學校。第二年順利到法國進修，拿到藝術執照後就回國。回國後她參加學士後教師甄試，如願地進入教育界，成為美術老師。

她很滿意自己的工作，每天可以教學相長，可以做自己喜歡的事，又有安穩的工作，人生何求？她經常參加跨國藝術交流，寒暑假時就出國觀摩，增長知識及見聞，給自己很多學習成長得機會。

我常覺得孩子的興趣需要父母的支持和鼓勵，每個孩子的興趣、天份都不同，能夠及早發現，給予適當的引導栽培最好。能夠依興趣發揮所長，必有事半功倍的效率，而一個人能做自己喜歡的工作，是最幸福快樂的。

102.6.18　聯合報

一刀稿紙

念小學時班上有《小學生》和《國語日報》，由同學輪流看。每次看到「小小園地」徵文，我都會練習投稿，那時一張六百字的稿紙是兩角，在沒有零用錢的時代，那對我是大數目。偶爾領了獎狀，媽媽會給我一角，只要存夠兩角，我就去張伯伯家買一張，買久了他知道我愛投稿。

有一回家中收成不好，我好久沒去買稿紙，有一天遇到他，他問我：不投稿了？我不知如何回答，淚兒直流。他拍拍我肩膀，牽我到他家，拿了一刀稿紙送我，並要我努力寫，寫完了再說。

我就用那稿紙發表了不少文章，雖然一篇只有五元稿費，但也貼補了家用。

如今投稿不用稿紙，但每次看到發表過的數百篇文章，我都非常感謝送我稿紙的張伯伯，要不是他的那一刀稿紙，我就沒有這些作品。

103.3.2　聯合報

喜見情義猶存

這些年每天早上，我都會到傳統市場去擺攤做生意，賣些我自己手工做的布包。或許是生意做久了，許多常光顧的客人，在不知不覺中就成了無話不談的好姊妹。

她們願意向我說出心裡話，很多故事的精彩，是超乎我想像的，於是我多了很多寫作的好題材。當她們無意中在報紙上看到自己的故事變成文字時，都會很感動，也很感謝我，在她們沒有心理準備下，就莫名其妙地當了女主角。

這樣的互動久了，有部落格的，就會把我設計的布包po在網路上分享朋友，同時也會順便提一下，我是來自美濃的客家妹，已出過六本散文集等等。有些人在好奇心的驅使下，會想要買本書來看看，這個美濃人寫的是什麼內容。

由於現代人很忙，要專程去書店買本不是名人的書很難，於是建議我不如帶幾本擺在攤位上，給大家一個方便。在盛情難卻下，就依了她們，沒想到這樣做，滿足了她們，還無意中讓我感受到，來自不同地方的客家鄉親的「情義」。

有些人不是來買書，是在買布包時看到書，就隨手翻翻。看到首頁的作者簡介，發現我來自美濃，除了驚訝客家妹有好手藝之外，還可以提筆為文，然後告訴我，大家都來自客家，一定要把書買回家，好好地讀它幾回。

他們不管男女，不管來自花蓮、苗栗、屏東、新竹或是太碑頭、上九寮，每個人都有個感覺就是，很多傳統的文化習俗，已隨著生活形態的改變，而日漸消失了。以前逢年過節一到，婆婆媽媽們就在大灶前忙進忙出，充滿年味的封肉、年糕香氣四溢時，那景象何等的溫馨感人哪！如今一切變了，廚房變小，人口也少了。

還好很多類似的過去故事，我的每本書裡都有不少著墨，相信多少可滿足他們的一些懷念。每一回我遇上這樣的鄉親，我都會非常感動，因為他們

憑著都是客家人，就不吝給予鼓勵，那是一種無形的「情義」，在功利社會，特別難能可貴，而我何其有幸，能經常被這樣的溫暖擁抱，心中除了感謝，還是感謝。

103.3.9　月光山雜誌

童言童語

阿公好可憐

每次去圖書館，我都帶四歲的小倫一起去，讓他看些看圖認字的書。認識一些字後走在街上，她就愛看招牌。昨天她看到「阿嬤便當」的招牌時，低著頭說：「阿公好可憐。」我問她為什麼，她答：「阿公沒有便當。」看到「犬貓醫院」時，她又說：「小貓也很可憐，生病了怎麼辦？」聽得我哭笑不得。

102.11.9 國語日報

管錢路

教四歲的小倫看圖認字時，他都常常提出問題，每一回我都用淺顯易懂的比喻，讓他容易記住，但我還是常被問得啼笑皆非。

那天他讀到「銀行」二字時，問我什麼是銀行，我告訴他，那是管錢的地方，大家都可以把不用的錢存在那兒，需要用時再領出來，他似懂非懂地點點頭。

昨天我帶他從台北火車站前往二二八公園走去，每過一條街，我都順便告訴他街名，來增加他的印象。當我介紹到「館前路」時，他抬頭四處看看，忽然看到某銀行的大招牌，頓時他說：「原來銀行門口的路，就是管錢路，那火車站門口的路，一定是火車路囉！」

心想，這一回我又被打敗了。

102.12.7　國語日報

金頭腦

一直以來，我都很喜歡和學齡前的孩童互動，因為可從他們的言行中，感受到人性最無邪、善良的一面。

雖然在互動的過程中，難免被一些無厘頭的言語或動作，搞得哭笑不得，但我還是非常喜歡那種未被汙染和修飾的純真。

星期天下午，我們一家在看電視「金頭腦」的冠亞軍pk賽，每次有人答對，我們都會給予熱烈的掌聲，因為要答對五花八門的題目，真的要有金頭腦。正當我們聚精會神地觀賞時，四歲的小倫問我，什麼是「金頭腦」？

此時我把他抱入懷裡，摸著他的頭說：「有的人頭腦很好，能記住很多東西，別人問他題目時，他通通都答對，這樣的人就是金頭腦。」他聽完後停了三秒鐘，用右手摸著頭告訴我說：「我也是金頭腦。」我好奇地問他為什麼。

他回答爸比問我乖不乖時，我都說：「有乖！我只哭一點點。」媽咪問我尿褲子怎麼不說，我說：「我要說的時候，就自己尿出來了。」妳看我不是通通都答對了嗎？

他說的好像有一點點道理，只是我不知道，這樣算不算是「金頭腦」。

102.12.15　國語日報

永遠的傅教授

大姊夫姓傅，他任教於某國立大學的兒子，前陣子剛晉升為正教授。

前些天家族利用回鄉掃墓來個聚會一起用餐。餐中隔壁桌有位他的學生，一看到他立刻過來打招呼。當他說「傅教授您好」時，他四歲的女兒馬上跳下椅子，拉著對方說：「叔叔！我爸爸是正教授耶！不是副教授了！」

正當大家一陣錯愕時，她爸爸抱起她，並告訴她：「爸比是永遠的傅教授。」語畢笑聲四起。

103.6.3　聯合報

福字旁邊是一口田

我生長在五零年代農業技術未機械化的農村，父母都務農，日出而作，日入而息。

由於家裡沒有長輩可協助照顧，所以我和弟妹們從小都跟著父母一起下田，看著父母如何在一切都靠勞力之下春耕秋收。雖然當時種田常因收成不好糊口不易，但父親始終樂觀面對，早出晚歸，從無怨言。

他常告訴我們，有耕耘就有收穫，土地是最真誠的，種瓜長瓜，種豆長豆，從不失信辛勤的農人。他也會告訴我們，福字旁邊一口田，所以我們有地可種是幸福的，要知福、惜福，懂得感恩。

他雖然種田，但不忘鼓勵我們要多看書，來增長知識，認識無垠的世界；也積極地訂些課外讀物，來滿足我們的求知欲。他常利用晚間或下雨天無法下田時，陪我們看書，並講忠孝節義的故事，讓我們開心，把晴耕雨讀做了最好的詮釋。

父親往生後，由大弟接棒，把田地分做畜牧、養殖和種些雜作，讓田地發揮最大的功能，延續著父親辛勤耕耘、晴耕雨讀、知福惜福的觀念。

每次回娘家，我一定到田裡走走，看看翠綠的蔬果、金黃的稻浪，在微風中我似乎看到了，數十年前父親揮汗如雨，荷鋤、播種、收割，努力打拼的情景，一幕幕是那樣的清晰。

清明思親，父親的教誨，我們姊弟謹記在心，並傳承晚輩要知福、惜福、感恩，福字旁邊是一口田。

103.6.28　聯合報

老闆教會我的事

暑假剛過，辦公室裡多了一位生力軍，剛從美國拿到碩士的小姐，月薪五萬起跳，一些工作了幾年的同事，一想到自己的薪資，還停留在三、四萬左右，新人憑什麼一進門就領高薪，於是有了不服的聲音。

這聲音也不知道怎麼會傳到老闆的耳朵裡。上個星期五的下班前十分鐘，老闆要大家到會議室集合。剛進會議室，大家都很納悶，有人猜該不會公司要裁員吧！也有人猜公司是否出了狀況。正當大家議論紛紛時，老闆抱了一疊Ａ４的紙進來，上面印滿了英文字。每人發一張，要大家以最快的速度看完，並把內容說出來。

正當大家埋頭認真閱讀時，那位新來的同事已經看完，並告訴老闆，那是國外的一個私人機構向本公司下的某某產品的訂單，訂單上有貨品的數量、價格，以及交貨的時間。

當大家看到這位新同事能看能寫，還以流利的英語回答老闆所問的問題時，那幾位平時愛計較薪資的同事，頭低到幾乎要碰到桌子。那一刻我才體會老闆這個動作的用意。

感謝老闆，在未用一字一語又不傷和氣之下，幫我們上了寶貴的一課。要就業就必須充實實力，有了能力，有了專業技術，才有籌碼和老闆談條件，否則只好繼續加油。有道是職場如戰場，有人往上竄，有人被淘汰，就看個人本事了。

102.11.13　自由時報

擴大生活舞台

今年暑假，我們住的這棟大樓裡，正巧有兩個人退休，一個是曾在公家機關當主管的女士，另一位是私人銀行的經理。照理說他們是受過高等教育的，退休之前必有認真做過退休後的計畫，讓退休後的生活很快樂圓滿，結果很出人意料之外。

女主管退休之後，因不必再上班，所以多出很多時間，而她事前又沒安排多出來的時間如何運用，於是把一個二十多坪的家，當做揮灑的舞台。每天早晚各擦地板一次，玻璃擦過後，再擦紗窗紗門，紗門怕沒擦乾淨，還用牙籤戳戳看，就怕有一丁點兒沒擦到。

由於她家是白色磁磚，地上有一根頭髮都看得到，為了地上不能有頭髮，她規定家人走路要躡手躡腳，不能動作太大，才不會掉頭髮。她的規定讓家人緊張兮兮，走路都不敢喘氣。她也規定家人講話要很小聲，看電視時

不能因為一時高興，就大笑或講話提高音量。她把家當做辦公室，弄得老公和孩子們無所適從，抱怨連連。

而另一位經理先生，不上班後每天買兩份報紙，從頭看到尾，再翻個面，太太在廚房做羹湯時，他跟前跟後，一下子說「洗菜水不用開那麼久」，一下子說「魚煎得不夠酥」，讓太太很為難，感覺處處被人監視，於是爭吵聲不斷。

我覺得退休後，不能把家裡當作生活的全部，因為那是人生另一個階段的開始，視野要向家以外拓展，讓生活的舞台變大。可隨著自己的興趣，做不同的規劃，例如：參加社區大學的不同課程，讓自己多學些新的東西，增廣見聞，滿足求知欲；常參與社區活動中心舉辦的各項活動，如健康講座、健康操或一日遊。

這樣可藉著不同的參與，擴展人際關係，同時學到很多以前職場上學不到的東西，讓自己在無形中成長，帶來健康的身心，家人也會因為你有豐富愉快的退休生活，為你感到幸福、快樂。

102.11.28　聯合報

遙控器壞了之後

前陣子熱衷球賽的另一半眼看著球賽就要開始了，手上的遙控器就是不聽使喚，怎麼按電視就是沒畫面。

他找來修電視的師傅，師傅查了一下，肯定地表示，電視沒壞，是遙控器壞了。另一半就說：那就換支新的遙控器好了。師傅說：這個型號的電視，已經不再生產了，所以買不到這組遙控器。

他繼續說：換台新的吧！現在便宜，一台才幾萬塊而已，螢幕大，畫質好。

兒子從國外出差回來，另一半告知遙控器壞了，沒想到兒子說的話和師傅一模一樣，而且表示明天他會要廠商送一台新的來，這樣老爸就不用為了看不同的球賽，而要起身轉台，太麻煩了。

聽兒子這麼說，我立刻使個眼色說：這樣好啊！利用轉台的機會，起個身走走、活動一下筋骨、喝喝水、伸伸懶腰，這樣有助健康的。父子沒再說話。

接著兒子又到國外出差了，另一半為了要看球賽，只好常起身來轉台，滿足觀球的慾望。就這樣一個月、兩個月過去了，我發覺在轉台的過程中，不知不覺已把另一半以前那種整天手握遙控器，閉著眼睛給電視看的惡習，無形中改善了不少。

有一天在爬山時，我無意中提到這項驚人的發現，結果引來同行的阿仁先生一陣唏噓。他語重心長地表示，看起來他家三個女人的減肥時機到了。他此話一出，同行的人都睜大眼睛，等著他給答案。

他說：兩個才讀國中的女兒，和四十出頭的太太，每天看電視時，不停地吃一堆垃圾食物，只動嘴，不動腿，如今母女的體重總和已超過二百五十公斤。再不想辦法約束，照目前的情形繼續下去，母女體重要飆破三百是很有可能的。

他的擔心讓我們面面相覷，不知道要說什麼，畢竟那是他家的家務事，局外人不好說話，只好請他要努力加油。

真沒想到一個遙控器，不僅可以看到精采的球賽，還可從中看到人性，真是太有趣了。

103.10.30 聯合報

人生故事

前年歲末外子因連續的腹痛和嘔吐，有天深夜病情嚴重，只好去某大醫院掛急診。

到了急診室才發現，病人和家屬擠滿了急診室。病人不管躺著、坐著或站著的，每個人都愁容滿面、痛苦萬分。

由於病人多，值班醫生少，所以等待看病的時間很長。因為時間長，讓我無意中看到了很多難忘的事。當醫生在幫外子看診時，我忽然聽到很急促的腳步聲往急診室衝，有人大聲地喊著：醫生！快！快！快！要生了。

真是說時遲那時快，醫師還來不及反應，我就聽到嬰兒的哭聲，也看到產婦身邊的親人，每個人都露出開心的笑容。

當我陪著外子要去做X光的檢查，經過長廊時，又看到剛從救護車上推下來的擔架上躺了一個人，正以飛快的速度往急診室推，後面還跟著幾個人，是中年的男女。

當我們把X光照好，帶回急診室要交給醫生時，就看到剛剛送來的病人，床邊圍著的人正在放聲大哭。聽得在場的人滿臉錯愕，每個人都被這突然的狀況嚇呆了。

外子照了X光、灌腸、打點滴，並觀察兩小時候因無大礙，在破曉時分，我們疲憊地回家了。

因整個晚上都在急診室穿梭，讓我看到生、老、病、死的痛苦人生的無常，體會生命的脆弱，以及失去生命的無奈和不捨，也感受到出生的喜悅，想想原來急診室一直上演著人生的故事。

103.12.12　聯合報

莫忘初心

好友雯雯的女兒欣宜，在上星期天結婚了。

結婚當天當雯雯的老公牽著女兒的手交給新郎明傑時，告訴他：莫忘初心，往後要善待欣宜，她遇困難時你一定要盡心盡力地給予協助，共度難關。明傑聽了猛點頭，他要岳父放心，他不會忘掉自己的承諾。

雯雯有個重度智障的兒子，今年四十歲了，身體的發育正常，不過智商卻還停留在四個月的嬰兒期。也就是說欣宜有個生活無法自理、需要二十四小時照顧的哥哥。所以當初欣宜和明傑在交朋友時，就常為了這件事傷腦筋。

明傑的父母從頭到尾都持反對的態度，因為他們認為欣宜的父母總有年華老去的一天，到時候明傑就必須承擔照顧的責任。他薪資不高，有自己的家庭和父母需要照顧，若還要照顧女方的哥哥，必定會有經濟上的壓力。與其婚後因經濟問題，鬧得大家不愉快，不如不要這樁婚姻。

雖然男方家長一直不答應婚事，但兩個年輕人五年來卻愛得難分難捨。其間雯雯夫婦曾不只一次地和明傑詳談，希望讓他了解要娶欣宜，也必須在欣宜娘家有困難時，要給予幫忙。因為她沒有別的兄弟姊妹，一切責任欣宜都必須扛。

明傑一開始對這樣的問題，有點逃避也不知如何回答，畢竟要讓一個才二十出頭的年輕人，談這麼重大的事，是有點沉重的。慢慢地因彼此互動多了，他慢慢地接受欣宜，知道她的處境，也願意同甘苦共患難。

他表示愛欣宜的心始終如一，不會因為她有個要照顧的哥哥而改變。他會愛屋及烏，希望雯雯夫妻能安心地把女兒交給他。

或許是他的誠意感動了雯雯夫婦，所以他們讓女兒嫁給明傑，這也就是結婚當天，為什麼雯雯的老公會對明傑說了這段話。

多麼希望小倆口婚後能甜蜜相愛，過著平平安安的日子，若遇挫折能莫忘初心，同心協力地挺過，讓婚姻永遠幸福美滿。

103.12.12　聯合報

沒有子宮的媽媽

又是暑假了，一大早就看到樓上李家夫婦，帶著七八個小朋友，有男有女，要去「故宮博物院」參觀。每個孩子臉上掛著燦爛的笑容，個兒較小的還吵著要牽乾媽的手呢！

記得二十年前，結婚已五年的李太太，好不容易懷孕了，還來不及高興，卻發現她因懷孕，讓子宮產生病變，得了少見的罕見疾病，必須把子宮去除，否則會因常出血而喪失生命。

一開始李太太無法接受這樣的事實，她認為一個年輕的女人少了子宮，就失去了當媽媽的機會，這對一個愛孩子的她來說，是多麼殘忍的事。然而幾次的大量血崩，讓她含淚屈服。

自從身上少了這個器官後，她終日以淚洗臉，整整兩年多無法工作。她的另一半眼看她一日比一日憔悴，除了安慰她，還帶著她到不同的孤兒院參觀，希望她透過跟孩子的互動，來減少焦慮。

經過長時間和孤兒接觸後，了解院童們許多來自家庭的無奈，於是他們開始認養院童，每個月除了固定捐款外，只要有假日，一定去孤兒院當志工，幫小朋友輔導功課，教他們唱唱歌，講講故事給他們聽。

寒暑假時夫妻倆會把自己的年假搭配好，帶這些孩子到家裡住住，享受一下家的溫暖。也會帶著他們四處參觀，到處走走，看看外面的世界，只希望這些離開父母的孩子，在他們夫妻的陪伴下，不再這麼孤單。

二十多年來，他們認養過很多弱勢家庭的孩子，每個都視如己出，彼此培養出深厚的感情。隨著時間的消失，這些孩子有的已成年，在社會就業了。這些孩子為了感謝李家夫婦當初對他們的付出，如今也盡其所能，幫助需要幫助的人，希望把愛傳承下去。

李家夫婦就是這樣，不斷地認養孩子，大的去了小的又來。雖然沒有血緣關係，但每個孩子都很懂事，往往只要貼心的一句：乾媽！我好愛您喲！就讓李太太嘗盡了當媽媽的快樂。

104.7.29　人間福報

在轉彎處看到希望

已經早上十點多了，經過嬌嬌的早餐店，還有幾個客人在用餐，看到這情景，真的很替她高興。

十年前她在私人公司工作的老公，因被裁員而悶悶不樂。後來經過半年的求職都不順利，眼看著一家三口的生活就要出狀況，他變得很沮喪，常常借酒澆愁，最後在一個風雨交加的夜晚，因意外的車禍而喪生。

面對這樣的打擊，她天天以淚洗面，想想兒子五歲不到，自己身無一技之長，又無積蓄，要如何把兒子撫養長大？

每每想到自己的處境夜夜失眠的她，有天一大早帶著兒子在路上閒逛時，在一個路口的轉彎處，看到一家早點店剛開門。看起來是新住民的老闆娘，身上背著幼兒，正忙著打豆漿。那一幕讓她看到了希望。

她站在外頭看了好一會兒，心中想著：「她能，我為什麼不能？」於是她抹去臉上的眼淚，牽著兒子唱著歌回家。

她告訴房東太太，自己曾在社區大學學過做早點，對做一般早點很有自信，所以想開個早點店，希望對方幫忙找個小店面，這樣她可賺點生活費，又可照顧孩子。

在對方努力幫忙下，她很快地在巷子裡找到一個原本是停車位、有屋頂約十坪大的空間，可擺攤車，也放得下幾張桌子。

對方看她母子可憐，先借她五萬塊整理店面，並製作一些小傳單，放入附近住家信箱，請大家告訴大家。

就這樣，嬌嬌早點店開張了，她每天用心地工作，為顧客提供最親切的服務和最新鮮的食材，讓客人最美好的一天就從早餐開始。

她不僅早餐作得好，還把自己的藏書，分門別類地擺在店裡，讓客人藉著用餐，可以看看書、聊聊天。客人也可以把自家的書帶到這兒來和大家分享，總之她把店經營得像大家庭，因此生意很好。

看到嬌嬌從逆境中克服困難、學習成長，如今母子生活安定，已念國中的兒子，懂事用功又貼心，我為她喝采並祝福她。

104.2.27　聯合報

拜訪長輩

父親過世後，或許是我一時之間無法接受失親之痛，所以變得非常想念父親，得空時我努力地翻閱他以前的照片，看看他穿過的衣物，和留下的一些生活札記，本以為我可以透過「睹物」來思父，但我發覺這個動作，對我來說還是難以抹平對父親的深深思念。

為了讓自己多了解心目中剛柔並濟的父親年輕時的一些趣事，我會利用年假去拜訪父親從小到大的老朋友。一方面是趁此表達晚輩對這些叔伯的敬意，另一方面是想聽聽他們印象中關於父親的故事。

有位世伯在二次大戰中，和父親一起分配到海南島打仗，當時日本輸了，很多日本軍被撤退，留下台灣去的等待救援，結果因斷糧及氣候不佳，很多人染上瘧疾，無藥可救又營養不良，就病故異鄉。

當時父親雖也染病，但從小失去雙親的他，憑著堅強的意志力，靠著喝下很多當地盛產的椰子水，終於活下來回到台灣，並結婚生子。

戰後的台灣百廢待舉、生存不易，但他對陸續出生的孩子還是想盡辦法努力工作讓一家溫飽，他們常說著說著就停了下來說：「難為他了，要扶養這群孩子，不容易啊！」

每一回和長輩們敘舊，我都很感謝他們，告訴了我這些記憶中父親不曾提過的陳年舊事，也因為多了這些，讓我對父親的敬愛和思念變得更多。

103.1.4　聯合報

患難見眞情

最近幾年人口老化的情形越來越嚴重，獨居老人的問題也隨著慢慢浮現。

鄰居二樓的張媽媽，前陣子摔斷腿。由於她老伴已走了，獨生女又遠嫁上海，一時之間趕不回來，此時鄰居們知道了，都紛紛上門給予幫忙，有的陪她上醫院檢查，有的幫她聯絡女兒，並打理一下家裡。

檢查的結果必須要開刀，而要開刀有些手續是需要家屬簽名的，但女兒未回來前，她只好一切親自處理。女兒回來後在醫院照顧她，直到康復出院，又回上海去了。出院後在家休養期間，鄰居們照樣給予關懷，大家分工，有要上市場的，就幫忙帶些蔬果回來；垃圾車來了要丟垃圾，也順便幫她帶一下；那個媽媽有空，就到她家陪她聊聊。總之，只要她有需要，鄰居們都會盡量幫忙。

她就在左鄰右舍的相助下慢慢地恢復正常，如今已可拄著拐杖下樓散步。她不只一次地感謝大家，在她最無助的時候伸出援手，讓她度過難關。

由於我們的社會即將邁入老人化社會，像張媽媽這樣獨居的老人很多，隨時都可能有狀況發生，此時最需要鄰居的幫忙，畢竟遠親不如近鄰。還好我們的社會處處有溫暖，看到需要幫助的人，都會適時地伸出援手給予幫助，發揮患難與共的精神，把患難見真情的真諦發揮得淋漓盡致。

歐思卡婚禮

上個周末我代替兒子參加他好友歐翔的婚禮。

喜宴設在社區活動中心，一進場就看到用紅色燙金的「歐思卡婚禮」五個大字。新人把婚禮當成好友聚會，不收禮金。為了節省開支，會場擺的都是該中心原有的繽紛盆景。雖然沒有大排場，但充滿了溫馨和喜悅。

場裡的工作人員，都是新郎歐翔和新娘思潔一起工作的志工朋友。

喜宴是自助式，有飲料、糕點和水果。來賓不多，但都是至親好友，還有二十幾個來自偏遠地區的小朋友。他們是兩位新人從大學時，每年寒暑假就去關懷的台東山區某部落的孩子。

這些孩子這輩子還沒搭過火車、沒坐過飛機，也沒看過長頸鹿，更不知道一〇一是什麼。兩位新人一直有個心願，當能力所及時，一定要讓這些孩子看見部落以外的美麗世界，所以婚禮選在寒假，讓小朋友一起分享。

新人為了籌劃孩子們的行程，花了很多心力，那個部分搭船，那個地段搭火車，那個時間搭飛機。除了交通、住宿，以及搭配的行程、需要的費用，都需要細心評估。

很慶幸的是，他們在接洽的過程中，遇到好多熱心人士。飯店的老闆願意對折相待。他們的同學更是有錢出錢、有力出力，讓小朋友完成夢想。

婚禮一開始，由這群小朋友分成兩隊，由左右門進場，唱著改編的「婚禮的祝福」。由於歌詞詼諧逗趣，加上小朋友活潑可愛的動作，讓在場的來賓笑出了眼淚。

接著頒發男女主角獎，司儀先請頒獎人新娘子出場，然後宣布最佳男主角是歐翔時，大家歡聲雷動。當新郎從新娘手中接過閃閃發光的小金人時，典禮邁向高潮，掌聲不停。當新娘從新郎手中接過最佳女主角獎時，所有的小朋友把他們圍成圈圈，唱著「感恩的心」。

最後新郎、新娘攜手，向來賓深深一鞠躬，感謝所有參與幫助的人。參加這場婚禮讓我感受到不一樣的創意和祝福。

104.5.2　聯合報

老闆與夥計

秀春在菜市場入口處賣水果，在不知道她的故事前，我沒向她買過水果。

她四十多歲，瘦瘦高高的，從她纖細的外表，實在看不出她是個耐勞又孝順的媳婦。

她有兩個念小學的兒女，還有年邁的公婆。老公嗜酒如命，又愛賭，還好吃懶做，讓父母非常失望難過。原本四處打零工，卻常因貪杯睡過頭而誤事，於是工作量越來越少，最後乾脆不工作，因沒有收入，一家六口的生活面臨斷炊。

秀春不忍多病的公婆傷心，她默默地扛起養家的責任。學開車，學做生意，一切從零開始。她認為賣水果比較單純，畢竟自己一個人能力有限。她都批些水梨、蘋果或芭樂，客人買了就可帶走，很方便。她的水果種類不多卻很新鮮。

她每天水果一上攤，就開始忙碌，邊切水果邊喊著：阿姨！阿姊！歡迎大家來吃吃看！今天的水梨（蘋果）又脆又甜，嚐嚐看，好吃再買。她用心經營水果攤，成功地利用傳銷哲學，抓住每個客人的心。

由於她誠懇親切，水果新鮮，價錢又公道，很得婆婆媽媽們的信任，所以生意非常好。每次路過都可看到很多人圍在水果攤買水果。我只要有需要，也會順便帶一些回家。

那天我到市場，經過秀春的水果攤前，沒看見她顧攤，倒是看到一位小姐坐在那兒，低頭猛滑手機。我走過去問：今天老闆娘沒來呀？她頭也沒抬的回答：她有事！我看她忙就離開了。

我欲離開時，有位阿嬤走過來問：水梨怎麼賣？小姐不僅頭都不抬，還說：等一下，我這一關快過了。阿嬤聽了搖搖頭就走了，留下忙著滑手機的小姐。

看到這兒我終於明白，老闆與夥計真的不同。同樣的攤位，同樣賣的是

水果，只是賣的人不同，生意就有這麼大的落差。

原來秀春很努力、很認真地在經營，所以能憑著一雙手、一張嘴，就可以生意興隆，讓一家人生活無憂。而那位小姐因為沒用心，生意當然不好。

104.2.9　聯合報

兩把青菜哲學

梅雨來臨，到市場買菜，正在等賣水果的老闆處理鳳梨時，雨又嘩啦嘩啦地下著，一群人只好暫停腳步，等雨停了再離開。

在等雨的空檔，無意中聽到一位拉著菜籃車的太太，和隔壁賣小飾品的老闆娘的對話。太太說：阿婆！您真認真！雨這麼大還出來做生意。這時看起來有點富態、穿著白底黑花套裝、頭髮染點金黃、很時尚的老闆娘，笑嘻嘻地回答：人老了沒事做很無聊的，出來做做生意，日子好過些，即使只賺兩把青菜也不錯，錢沒賺沒關係，至少賺到健康，哈哈！

老闆娘的話讓在場的婆婆媽媽們哈哈大笑。她表示自己八十歲了，老伴已走了好幾年，兩個兒子又住美國，自己一個人住真的很沒意思，只好批些輕便的手帕和一些小飾品來菜市場賣。

因為東西不多，放在小的行李箱裡，拉了就走很方便。每天早上她搭公

車或捷運，到離家最近的菜市場，租個小攤位就可以做生意了。

她覺得把做生意當做消磨時間，賺多賺少無所謂，因為孩子都大了，自己還有一些退休金，生活省一點也就過了。倒是有工作做，日子好過些。每天收攤回家後，睡個午覺，再到公園運動，一下子天就黑了，一天也就過去了。

聽她娓娓地說著一個獨居老人的生活方式，我很佩服她，因為她的想法很樂觀，作法很正面。沒有任何怨言，有的是一顆快樂積極面對生活的心。難怪她看起來不像已經八十歲的老太太，滿臉慈顏，神情奕奕，看得出來她是健康快樂的老人。

聽說老太太編織的手藝很好，所以冬天時她會用不同顏色、不同粗細的毛線織些圍巾和帽子擺出來賣。因花樣多、手工扎實，所以很多媽媽們都是她的主顧客。

看到老太太不僅把自己照顧好，也用認真工作的方式，來面對老人生活，樂觀知足的心態，值得大家來學習，哪怕一天只賺兩把青菜也很開心。

104.6.23　人間福報

長青同學讀書會

我們是一群十多年前一起在社區大學學電腦的長青班同學。學期結束後，大家為了能繼續切磋共同學習，就成立了一個讀書會，每星期三聚會一次。

我們依年齡的大小來編學號，年記越大學號越前面。每兩個星期讀一本書，輪到值日的同學，在兩個星期前，就要把下一次要讀的書名提出來，讓大家準備，家裡有的先看，沒有的需要團購的都要處理好，才不影響下次讀書會的進度。

書的內容包羅萬象，並以較接近我們年齡層所需要的相關內容為主。因為我們不為考試而讀，是為生活趣味而讀，例如：養生、運動、旅遊、健康、溫馨小品等等，盡量淺顯易懂，不要太深奧的，免得影響大家讀書的樂趣，畢竟大家都有年紀了。

每次聚會從早上九點到下午四點，午餐大家一起準備，共同享用。討論的時間在早上和午後各一次，大家輪流說出讀書心得，每個人都很認真，把讀過的有意義的段落都作筆記，然後和大家分享。每次在討論的過程中，大家除了書中摘要之外，也會加上很多生活上的經驗和人生的歷練。

參加讀書會，讓我感受到我們學到的，除了書裡的知識外，還有很多書外的生活樂趣，例如：家中的人際關係管理、持家的經驗等等和家有關的議題，讓大家得到很多意外的收穫。大家透過討論，說話的藝術進步了，也因常相處親如家人，有樂分享，有愁分擔。

我覺得讀書會的成員以年齡相近最宜，因為年齡相當，思想觀念相近，溝通容易，這樣相處起來很愉快。讀書會可集思廣益，可讓人從中學習成長，真好。

103.8.10　聯合報

第三輯

互動篇

多一份關愛，少一份堅持

我常常想，有時候在關鍵時刻的一句話，有可能改變一個人的一生。

昨天和同事小陳聊天，他告訴我結婚十多年了，前面幾年夫妻一直都在吵架中度日。同一件事夫妻的看法不同就各堅持己見，吵久了彼此發覺，既然婚姻生活這麼痛苦，那就分開吧！當時兒子五歲，就歸太太扶養，是孩子自己選擇的。

或許是婚姻生活真的讓他累了，所以他沒有多想，包括孩子受到的傷害，或對方家人的感受，就爽快地答應了。那一刻他發覺自己變得輕鬆自在多了。想著明天以後，就可過著無牽無掛的單身生活，他忍不住地大笑起來。他實在想不通，為什麼兩個相愛多年的男女，踏入了婚姻，就變成仇人般水火不容呢？

他告訴自己，既然決定了，就好好地睡一覺，沒想到他躺在床上就是睡不著。此時他忽然想到，結婚以來岳母一向很疼他，那離婚以後，在路上遇見了，該怎麼稱她呢？想到這兒他輾轉難眠，於是撥了一通電話，告訴岳母明天過後，他不再是女婿了。

岳母很驚訝！問他是否想過，婚姻走到這一步，問題出在哪？他認為沒什麼好說的，就沒再開口。他只聽到岳母說：「生命中珍貴的緣分，是無法隨時歸零再重新來的，不管是因錯而過，或是因過而錯，時間都會讓一切變質，既然如此，彼此為何不給對方多一些關愛，而自己少一份堅持呢？」他聽到這兒才恍然大悟，回想一路走來，自己真的太自私了，常得理不饒人，心中只有自己，而忘了妻兒的感受。當下他懊惱不已，就立刻告訴岳母，自己知道該怎麼做了。

從那次以後，他試著用另一種方式和妻子相處，結果摩擦真的變少了，生活中少了不愉快，卻多了笑聲和關愛聲，家變得甜蜜溫馨。他非常感謝當初岳母送的兩句話，讓他和妻兒的人生從此快樂幸福。

102.5.9 聯合報

拋開傳統，讓婚事圓滿

從去年開始，鄰居陳家一直在準備獨子阿強的婚事，但一年過去了，婚紗照已要泛黃了，婚還是沒結成。

由於女方也是獨生女，而且父母年邁，不良於行，所以有個要求，希望夫家能答應，小倆口婚後住娘家，彼此有個照顧。阿強愛屋及烏，為了成全女孩的孝心，他願意接受去住女方家，他認為女婿是半子，照顧兩老是應該的。陳家夫婦也覺得，年輕人喜歡就好，因為他們夫婦還年輕，媳婦有沒有住在一起無所謂。畢竟親家年紀大了，有親人在身邊照顧更好。

原本雙方家長已有共識，一切就要成定局，沒想到阿強的舅舅、阿姨都站出來大大地反對，他們說：「結了婚還去女方家住，太沒出息了。」他的叔伯們也認為，這簡直是入贅嘛！這太丟陳家的臉了，男子漢大丈夫，怎麼可以沒骨氣，娶了老婆就不要自己的家了。每個人都斬釘截鐵地表示，無論如何都不能因結婚就去住女方家，否則他們要斷掉親戚關係。

就這樣，原本沒意見的陳家夫婦，聽了這些人的話，也覺得好像有道理，於是婚事是一拖再拖，兩個年輕人氣得想逃家。因為他們覺得結婚是他們兩個人的事，兩個人能相知相惜、共組家庭、相愛一生最重要。當親戚的只要獻上祝福就好，實在沒有必要加入這麼多意見，讓他們很為難。

我常想近幾年來，社會、家庭人口的結構變遷非常大，傳統的生活形態已不適合現代少子化的生活模式。所以有時候當長輩的，不妨放下堅持，把過去農業社會大家庭的生活方式暫時拋開，靜下心來聽聽年輕人的意見，因為要結婚過日子的是他們。

總之，結婚是終身大事，年輕人有緣能相愛共度一生，是值得恭喜的，親友們應該給予祝福和協助才對，畢竟不是一家人，不進一家門，能結連理枝是萬年修來的福份，就給予成全，讓婚事早日圓滿吧！

103.4.29　聯合報

要橋不要牆

周末清晨，我和樓上幾位大哥和大嫂一起去爬山，邊走邊聽廣播，在整點新聞中，忽然聽到一則因婆媳問題而衍生的家庭悲劇新聞。原來媳婦生的老大，是由婆婆幫忙帶，老二自己帶，沒想到媳婦對婆婆不滿，就常把老大當作發洩的工具，讓無辜的稚子身體受到嚴重的傷害。

樓上的王大哥聽到這兒，忽然停下腳步，語重心長地表示，類似事件在幾年前也曾發生在他家，幸好他當時處理得宜，才相安無事。他家有一獨子，愛上一位學歷比自己低的女孩，在雙方交往時，大嫂就反對，最後因對方懷孕就成婚。媳婦進門後，對婆婆有成見，孩子生下來後，大嫂體諒媳婦要上班，就幫忙帶孩子。當孩子三歲時，媳婦又生了老二，於是不再上班，自己帶老二。

家裡有了兩個小孩，難免會吵鬧，每次媳婦心情不好，就拿老大出氣，呼孩子巴掌，留下五指手印。有一次大嫂看不下去，就說：「有事就衝著我來就好了，孩子何辜？」從此他們家火藥味十足。

大哥眼看一個家沒有笑聲，只有怒聲，有一天他約兒子去走走，趁機和兒子談談。沒想到他才在兒子肩上拍了兩下，兒子就哭了。他很難想像，身高一八〇、從小樂觀開朗的兒子，會這麼脆弱。兒子告訴他，他是夾心餅乾，他對不起父母，他不知道婚姻怎麼會讓人這麼痛苦？

大哥始終拍著兒子的肩膀，等兒子心情稍緩和時，他告訴兒子，家裡需要一座橋，不是一片牆。橋可以拉近兩邊的距離，是通往阻礙的過道，也是溝通兩邊必經之路，從今以後就讓我們父子共同來為這個家努力吧！

從那以後他們父子連心，默契十足地相互配合，不斷地製造全家相處的機會，讓婆媳有更多互動的時間相互了解，如今總算一切恢復正常。

王大哥的話讓我明白，要解決問題，是靠彼此的智慧、耐心和寬容。

102.8.11　聯合報

十萬美金

大嫂從事教職，是外省第二代，嫁入客家莊後，願意和公婆同住。為了要和只會講客家話的公婆有更方便的互動，她克服萬難勤學客語，並常抓住機會，利用假日參與公婆的農事。從不會走田埂開始，到荷鋤種菜、灑種、澆水、噴灑農藥，沒幾年她學會了客家女孩吃苦耐勞，農事、家事一把抓的本事，做糕點、做菜無所不能，因此深獲公婆的疼愛。

她工作雖忙，但得空時會耐心地教公婆學說國語、認些簡單的字，讓兩老看起電視來，不再一知半解，能了解劇情，婆媳相處情同母女。由於大嫂貼心又孝順，她還常利用年終獎金，來安排公婆一起旅遊，希望公婆能趁著有好體力，去看看外面世界的風土民情，讓人生多些見聞和快樂。

這兩年公婆年歲漸長，體力大不如前，農事和家事已無法勝任。大嫂有感於兩老的生活需要有人在身邊照顧，特別在去年服務期滿時申請退休，希望能多陪陪公婆，讓他們安享晚年。

大嫂的決定讓公婆很感動，記得她退休的當天，婆婆送上十萬美金的大紅包給大嫂，感謝她多年來為夫家辛苦的付出，也希望她退休了，好好地休息，帶一家出國去玩玩。

我常覺得婆媳要相處得很融洽，真的很不容易，彼此需要很大的愛心、耐心，以及一顆能屈能伸、柔軟仁慈的心，才能有良好的互動。因為生活中不管是人際關係，或生活習慣，有太多的細節，需要相互磨合，才能相輔相成、完美無缺，家庭才能和諧美滿。

看見大嫂幾十年來為夫家所做的一切，妯娌們都很感動，因為同是職業婦女，我們做不到的、不願做的，她都樂意地一一承擔，而且無怨無悔，展現了長嫂如母的寬容和貼心的風範，處處都是我們學習的榜樣，讓我們很慚愧。

我們感謝她，也衷心地祝福她，退休後有個美好、快樂的生活。

103.5.9　聯合報

準備好，再展翅吧！

最近幾年每到了寒暑假，許多的學生都會想到國外打工，一方面趁此增廣見聞，增強語文能力，再方面利用打工，磨練自己克服困難的能力，順便賺一點學費。

對孩子們一堆看似非常正面的理由，家長自會有顧慮，畢竟那是他鄉異國，生活作息不同，加上大部分的孩子都還是學生，沒有社會大環境的歷練，要遠渡重洋難免擔心。

記得兩年前，從小沒娘的小姪女來告訴我，工作剛告一段落，想趁此和兩位學姊一起到澳洲去打工，想見見世面，體驗一下不同的生活。她想聽聽我的意見。當時她三十歲，有幾年的工作經驗。

她從小跟著沒責任感的父親生活，能順利成長，對她來說已不容易。我知道一路走來，她從無所求，今天來找我，我必須很慎重地給予關懷。

她告訴我早在一年前學姊要去澳洲時，她就想同行，但覺得有點匆忙，還沒做好心理準備。這一回工作剛好結束，加上過去一年，有學姊的實地經驗，讓她了解當地的工作情形。她認為她已經可以適應了，最最重要的是，這次學姊回來，要帶著妹妹和她一起前往，以後也會一同租屋，這樣可以互相照顧，所以她想成行。

我認為她已胸有成竹，又有學姊們的幫助，要比單人獨行好，加上她還年輕，有好體力，又沒有婚姻的約束，是可以出去闖闖，相信那將是生命中很珍貴的回憶。

於是我叮嚀她，出門在外要學會照顧自己，遇上困難若是自己無法處理，一定要求救，讓傷害降至最低。

她順利地到了澳洲，三個人同心協力地努力工作，彎下身來不管髒的臭的，都努力完成。偶有假日也會四處同遊，享受他國風情。兩年匆匆而過，今年她帶著國外所學的生活經驗、吃苦耐勞的精神、人生的第一桶金，及流利的英語回來了。

如今她又重回職場，繼續地工作。她回來後不只一次地告訴我，出國打工對她來說，是非常珍貴的經驗，因為一個人要融入完全陌生的生活環境，確實需要堅強的意志力。有家不能歸的寂寞，是很磨人的，幸好她有學姊姊妹的相伴，才完成心願。所以出國打工好不好，我認為做好準備就展翅吧！

102.8.22　聯合報

眞是太好了

我常覺得人間事很有趣，會在機緣巧合下，意外地發現驚訝，帶來喜悅。

那天在北上的高鐵列車上，看到鄰座的位置裡，坐著一對五、六歲的男女，正低著頭看書，旁邊的媽媽正在看報紙。小朋友偶爾會抬頭聊聊，在幾次的不經意相視下，我發覺女孩的五官非常熟悉，尤其那笑起來有點眯的眼神，更是如出一轍，這時我忽然想起已經過世五年的品農。想到這兒我走過去，輕聲地問那位媽媽是品農的嫂嫂嗎？她很訝異頻頻地點頭。我告訴她我是品農的朋友，我們曾經有一面之緣，在品農家裡。

品農從事教職，善良、熱心、盡職，難得的是清秀外表下，有女性的溫柔婉約。二八年華時，懷了相戀多年男友的孩子，沒想到男友知道後，從人間蒸發。她絕望傷心之餘，決定當未婚媽媽，因為孩子是無辜的。孩

子出生後，她只過了半年有女萬事足的幸福生活。接下來她接受生命中第二個大挑戰，面對頑強的病魔，在治療的過程中，她最不放心的是女兒——安安。

她六神無主，本想請媽媽代為扶養，但媽媽年事已高，於是媽媽希望由品農已結婚多年尚未生育的兄嫂來扶養。這時哥哥有意見，他認為要是哪天他有自己的孩子時，怕對安安有疏忽，倒是嫂嫂很樂意，她認為孩子有親人照顧最好，要是哪天她有自己的孩子，那更是好上加好。

品農對大嫂感激涕零，她希望能隱瞞孩子的身世，這樣對大嫂公平些，這點大嫂不依，她表示將來一定讓安安知道她的媽媽是多麼的漂亮、賢慧。大約是安安過繼給大嫂四個月後吧！有天大嫂抱著安安，來告訴品農自己懷孕了，品農獻上最深的祝福，並說「真是太好了」。兩個月之後品農含笑而去。

真的沒想到幾年不見，安安長高了，身邊還多了一個弟弟，真是幸福，看到這對天真無邪的金童玉女，身旁有慈母相伴的溫馨畫面，我忍不住地說

「真是太好了」。

102.4.1　聯合報

長者如書

上個周末，九二高齡的世伯為了慶祝結婚七十周年，和九十二歲的生日，特別在劉家「彭城堂」三合院前的大禾埕，擺桌宴請所有嫁出去的女兒，一起回娘家。

由於很多堂姊妹都有好多年未見面，所以大家很開心地期待聚會的日子。當天世伯除了以一般的辦桌方式，準備了豐富佳餚，還希望這些姊妹們一起搓些湯圓吃吃，來代表大家好不容易的團圓，以及家家户户的圓滿。

世伯是個很傳統又很開明的長輩，育有三男一女，都已成家立業。為了公平起見，每個孩子願意住家裡最好，不願意住家裡，要在外自行購屋也行，只要是第一次購屋，他也會提供五百萬給予協助，兒子女兒都一樣。

每個媳婦娶進門之後，他們夫婦都會徵詢媳婦的意見，是否願意住在家裡，結果大媳婦和三媳婦都搖頭，她們覺得跟老人家住，不自由又要作很多家事，還是上班好，有周休又有年終獎金。只有二媳婦覺得公婆年事已高，沒有親人在身邊照顧不放心，於是她願意辭去工作住在家裡。

世伯為了感謝她，每個月付她上班時的薪水，雖然二兒子和媳婦認為和父母共住是應該的，拒領薪水，但世伯夫婦卻認為媳婦願意放下工作，已經很難得，不能太虧待了她。

或許是因為這樣，大媳婦和三媳婦頗有微詞，覺得公公不公平，卻又不願意和長輩同住。那天午餐前，世伯特別交代廚師，多準備一些搓湯圓的米糕，把多出來的，就讓這些姪女、媳婦們，捏捏糯米人。

一開始我不知其用意，只覺得我們又不是小孩子愛捏黏土，為什麼會有這個餘興節目？大家還是低著頭，忙著又捏又搓，每個人都覺得手腳的比例、身體的胖瘦很難拿捏，真的要做好一個人很難。

當站在一旁的世伯露出慈祥的微笑時，我從他身上看到了老師沒教的智慧，原來長者如書。

103.4.9　人間福報

兒子！你沒有輸在起跑點上

今年暑假結束後，阿香的兒子即將進入椰林大道的醫學院就讀。消息傳來，身為好友的我特別獻上祝福。

阿香在雙十年華時，愛上吃喝嫖賭樣樣沾的老公，不顧家人的反對硬要結婚，本以為她可以改變老公，可惜一切沒有。婚後阿香向朋友借了五千元，批了一些廉價衣服，用機車載到市場去賣。

兒子還小時她背著，會走路時她用布條把兒子綁在攤子的腳架上，早上賣一攤，晚上再擺夜市，她想趁年輕多做一些。兒子小學報到的第一天，她沒做生意，親自送兒子到學校。回家時才出校門，兒子告訴她，自己已經輸在起跑點上。她很訝異問兒子：為什麼？兒子答：我沒有好爸爸。她愣了一下又問兒子：那媽媽呢？兒子答：媽媽兩百分。她問：怎麼那麼多？兒子答：一百分是爸爸不要的，妳又撿起來。

兒子的每一句話都讓她心痛，為什麼才滿六歲的兒子，就會以加減法來表達「母兼父職」的定義。她不知道是不是家裡特殊環境，讓兒子早熟。她伸出雙手，把兒子抱得緊緊的，並告訴兒子：你沒有輸在起跑點上，要相信媽媽。兒子點點頭。她鬆下雙手，幫兒子擦乾鼻孔下的兩串鼻涕，並告訴兒子，從現在開始，我們要一起加油。

兒子開始上學後，不再跟著媽媽做生意。每天不管是早市或晚市，她都先把家裡打理好再做生意。每星期放假一天，陪兒子上書店或圖書館，學校有課外教學，她一定參加。

兒子國三時，她老公因長久的壞習慣得了重病，從發病到離世，不到半年，兒子親眼目睹生病的痛苦。高二分組時，他告訴阿香，以後想念醫學院，可能會讓媽媽多辛苦幾年。阿香聽了，拍拍兒子的肩膀，告訴兒子放心加油，媽媽已準備好了。

兒子上榜那天，高興感動地告訴阿香，媽媽！謝謝您一路辛苦付出，我真的沒輸在起跑點上。

102.9.18　聯合報

幫他們學做單親爸爸

今年父親節，社區活動中心舉辦一場慶祝單親爸爸的活動。或許是台灣社會一直以來每個家庭大都由女主人來打理，因此家裡一旦少了女主人，很多爸爸們會不知所措，於是造成了很多困擾。

在活動的過程中，有一段是讓爸爸們說出在日常生活中是否遇到困難需要協助，或是曾經克服困難的寶貴經驗，都可以說出來，讓大家來幫個忙或分享。

結果發言很踴躍，每個故事都充滿血淚。或許是我們平常都把男人當作鐵漢，所以即使是單親，旁人也會覺得他們撐得住，關懷之心會比單親媽媽少些。沒想到這是錯誤的。許多單親爸爸可能是某專業領域的翹楚，或是身價非凡的老闆，抑或是一般上班族，平時都由媽媽或太太打理生活，一旦單親，要處理家務和孩子，真的手忙腳亂。

一位爸爸語重心長地說：他失婚的時侯，女兒念小一。女兒小四時，有一天半夜來敲門告訴他，自己好像要死了，褲子裡很多血。他一聽不知道怎麼告訴女兒，就硬著頭皮按鄰居的門。鄰居夫婦知道後，先生要他進門坐，太太拿了一包衛生棉，進了女兒的房間，告訴女兒這是正常的生理現象，也告訴女兒以後要如何處理。

另一位爸爸表示：他離婚時兒子念國二，很叛逆。他是開卡車的，到處送貨，回家的時間不固定，兒子把他留的吃飯錢，都去玩網咖並常翹課，每一回見到兒子，都是在派出所。有一次他因來不及回家換衣服，就一身又髒又充滿汗臭味進了派出所，兒子見他狼狽樣，雙腳一跪放聲大哭。他拍拍兒子告訴他，你永遠是我兒子，從此兒子變得努力用功。

單親爸爸因年齡的不同，他們所面對的問題也不同，只希望他們遇到問題時能尋求幫助，老師、社工，甚至鄰居，都是求救的對象，相信大家都很樂意幫助他們當個好爸爸，爸爸們！加油！

102.10.1　聯合報

把老公當獨子就好啦！

前兩天我們一群老鄰居，一起到陽明山健行，大家邊走邊話家常。當阿建和我聊到家事時，忽然語重心長地表示，很感謝岳父母的協助，讓他家相安無事。

原來阿建的父母在市區有兩棟房，分別為一樓和二樓，都在父親名下。兩年前父親忽然得病，父親深知來日不長，所以特別在兒子、媳婦面前吩咐，他走後兄弟繼承房產，要一樓的人就要扶養母親一輩子，因為一樓比二樓值錢。

當時兄弟兩人和媳婦都點點頭表示願意接受。沒想到父親一走，大哥大嫂把房子過户好，就出租給別人開餐廳，至於母親的事，就不聞不問，他母親就一直和他住。

由於母親經常提起大哥的不是，認為大哥不孝，對不起弟弟，次數說多了，他太太也覺得房產要的多的人，就應該接母親去住，不能把老的丟給他們。每次太太提這件事，阿建都會安慰太太，當兒子的扶養母親是天經地義的，沒關係，只要母親開心就好。

雖然阿建沒意見，還不時地安慰太太，但太太難免有時會鬧情緒。因為父親的過世，和大哥沒遵照父親原來的意願處理房產，帶給母親很大的打擊，所以身子一直不好，經常要進出醫院，都由太太陪同，難怪她心裡不舒服。

或許他太太回娘家時，曾對父母提起她在婆家的困擾，無奈中帶著抱怨。本以為父母會幫她，向大哥爭取一些公道。沒想到她的父母認為，阿建是個難得的好兒子，不和兄弟計較，又願意讓母親老有所依，很不容易的。

他們不僅要女兒把阿建當獨子看待，協助他一起奉養老母親。另外也要女兒知福惜福，記住家有一老，如有一寶的道理，多一個母親是幸福的。

自從阿建的岳父母給了太太這樣的開導後，他太太不再提大哥的事，相對地更加珍惜婆媳的相處，母親也變得安心自在多了。他很感謝岳父母的關懷相助，讓他家快樂幸福。

103.7.8　聯合報

老人問題需用心處理

由於醫學的進步，加上現代人重視養生，所以人的壽命延長了，也無形中讓許多家庭多了老人問題，例如：溝通、醫療。

因此社區活動中心特別在端午佳節的下午，針對和老人相關的話題，請來兩位專家和大家座談。希望家中有老人問題需要協助的，都可以提出來，大家共同來解決；更歡迎將曾經把家裡的老人問題處理好的經驗，提出來讓大家分享。

在整個的過程中，最令我感動的有兩件，特別提出來讓大家參考。陳先生的丈母娘八十多歲了，身子不算健康，經常要上醫院，獨居台南的鄉下，唯一的女兒又住台北，而且夫婦都要上班。

一開始陳家夫婦是希望把她接來同住，媽媽不答應，不習慣台北人的疏離。要幫她請個人照顧，她又有意見。夫妻只好每個周休，就南北開車跑一趟，幫媽媽買些日用品及打掃家務，時間一久，陳先生的身體也出現狀況。

夫妻為了說服媽媽來同住，想盡辦法又哄又騙的，終於想到一個可以讓媽媽接受的理由。那就是和里長伯套好話騙媽媽，只要沒有兒子，又願意依親女兒者，每個月可領六千元的補助費。一年多來他很感謝里長伯的配合演出，讓他盡半子之力。

另一位是未婚女孩，她的兄嫂結婚後，對八十多歲又坐輪椅的雙親不聞不問。由於雙親個性倔強，經常鬧脾氣，在客廳用輪椅撞來撞去，百勸不聽。她天天要兩邊安撫，還要打理一切，累到心力交悴。

有一天當兩老又在大打出手時，女兒語重心長難過地宣布：爸！媽！對不起！您們每天這樣嘔氣，我又無能為力，所以想把您們分送到不同的安養中心，這樣您們就可以開心地過日子了。自從那次以後，父母就和平相處了，她非常感謝父母的配合。

聽到很多為人子女用心感人的故事，大家都很感動，也讓我深深體會到，老人問題是現代人必須用心學習的課題。

103.7.10　聯合報

要懷念不懷恨

星期天趁著好天氣，到市場買些菜。在一個魚攤前，等待老闆處理魚的時候，無意中聽到這樣一段對話。

排我前面的是一位穿著很休閒、約四十歲的小姐。她買了很多魚，有整條的，有切片的，還有蝦子和魚丸。她要老闆每一種都分成兩份。老闆一邊忙著刮魚鱗，一邊問：要送人哪？小姐回答：要送兩個婆婆。

老闆一聽，揮動的手停了下來，小姐繼續說：一份是給現在的婆婆，另一份是給前婆婆。聽到「前婆婆」，不僅老闆愣住了，我也一樣。平時只聽說：前妻、前女友，至於前婆婆很少聽到。

小姐表示她二十四歲時，和相戀多年的男友結婚，婚後老公常到大陸出差。結婚兩年時，老公從大陸帶了一個挺著大肚子的女孩回來。她一看就發飆，想藉著殘忍的手段來洩恨。

前婆婆知道後，除了再三地代替夫家向她道歉外，也語重心長地安慰她，要用懷念的心面對，大家好聚好散，畢竟曾經擁有過，不要用懷恨的心，去傷及無辜，這樣大家都很痛苦。

一開始她認為對方很自私，雲淡風輕地就想把她心中的恨化為烏有，她很難接受。經過一段沉思後，她覺得對方的話很有道理，要為不值得愛的男人傷心，不如敞開心懷，去面對新的人生。

離婚後第五年，她重披婚紗，如今一對子女要上小學了，老公一家人很疼她，讓他覺得自己很幸福。婆家為了她上班方便，還特別在公司附近，幫她們夫妻買了房子。

她常覺得自己今天所擁有的一切，是兩位婆婆給予的有形和無形的幫助。所以每次有出來買菜，就買兩份分送她們，聊表對她們的一絲謝意。

我認為她前婆婆說話很有智慧，既安慰了她，也指點了迷津，讓她走上幸福之路。我常覺得要是分手的情人或夫妻，都能用懷念的心情去面對一切，而不是用懷恨的心來處理善後，相信很多悲劇就不會發生了。

103.7.29　聯合報

喜宴

那是個花好月圓的周末，我們劉家幾十位嫁出去的女兒回娘家，在三合院祠堂前的大禾埕上，參加九十五高齡的叔公的孫子的喜宴。

喜宴以低調的家族聚會方式進行，不收禮金及花籃。一切是自助式的食物，沒有大魚大肉，有的是自家生產的蔬果，和所有親朋好友自己做的糕點，真是豐富多樣，因為嫁出去的跟娶進門的，交流之後就做出這麼多不同口味的食物。

在婚禮的過程中，大夥兒要九十五高齡、拄著拐杖的叔公致詞一下。他說：「結婚七十二年了，從血氣方剛的翩翩少年，到今天垂垂老矣的糟老頭，婚姻之路何其漫長。一路走來也是跌跌撞撞的，不是沒有爭執，不是沒有灰過心。但每次遇到瓶頸，就不斷地告訴自己，多想想對方的好。畢竟每個人個性不同，生長環境不一樣，我們沒有理由要對方在觀念和價值觀上的想法，和自己一樣。那是有困難的，需要雙方長時間、耐心地溝通和磨合才能達到。」

他除了傳授夫妻相處之道，也要年輕的世代，進入了婚姻，就要做個有責任的人，勇於承擔家的一切，扮演好自己的角色，彼此相扶相持、相互照顧，讓家可以和諧圓滿。

更要重視家中的長輩，在他們日漸老化的過程中，多關心、多陪伴、多寬容、多一些耐心給予幫助。因為人老了記憶力差、動作慢、病痛多，諸如此類的老人症候群，一定會帶給家人不便，和精神以及經濟上的負擔。此時最需要家人同心協力來幫助和克服。

他很感謝七十多年來一直在他身邊的叔婆，為了家無怨無悔地付出；也感謝媳婦和女婿們，在他數次進出醫院時，對他的孝心和鼓勵，讓他身心很快地恢復正常。

很高興能參加這樣別出心裁的喜宴，聽叔公從婚姻和家庭的歷練中，談人生的種種，句句都經典且珍貴，是課本上學不到的，也是在座的後生晚輩，必須經歷和學習的功課。

103.10.2　聯合報

王小弟在我家

暑假才開始沒幾天的晚上七點多，我到樓下倒垃圾時，看到對門樓下的王家兩個五、六歲的兒子，在門口閒晃。

我告訴他們，天黑了，快點回家吃飯，不然媽媽會擔心的。沒想到六歲的老大告訴我：媽媽在醫院。我問他為什麼，他說：出車禍。我又問他爸爸呢，他回答：在醫院。

到此我大約想到一些狀況，只是面對這麼小的兄弟，他們真的說不清楚。於是我牽著他們回家，在竹竿上收了兩套衣服，並在門上留下字條，寫著兩個王小弟都在我家，也把我家住址和電話寫上，好讓王先生能跟我聯絡。

住在這兒十幾年了，左鄰右舍相處不錯，只是沒什麼互動，只知到哪家姓林、姓張、姓陳而已，其他的就不太知道。

王家是住對門樓下，搬來有七、八年了，剛來時只有小夫妻，後來連續生了兩個兒子。我們只知道，王先生是外省第二代，太太來自苗栗客家莊，夫妻很和善。

那天晚上小兄弟洗好澡後，吃了一盤炒飯就睡了。大約十點多，王先生來到我家。他告訴我趁著暑假出遊，沒想到在路上被一輛闖紅燈的車子撞得車毀妻傷。

太太有腦震盪，右手也骨折，剛開完刀，他就趕回家。我告訴他放心地照顧太太，小孩就交給我吧！家裡只有兩老，不會麻煩的。他深深一鞠躬，拖著疲憊的身影離去。

第二天小兄弟一大早就起來，在客廳追逐，被對門的張太太看見了。她問我怎麼回事，我把大概的情形告訴她，她表示她家小一的孫子正愁沒玩伴，這下三個小男生夠熱鬧了。

她把小兄弟接到她家，我負責採買做飯，讓小兄弟開心。隔天陳太太知道後，蒸了一些小籠包請大家吃。

小兄弟就在樓上鄰居家，住到媽媽出院才回家，王家夫妻特別送我們每家蛋糕，表達感謝。

很感謝王小弟給了我們機會，讓我們知道鄰居們除了見面打招呼，還要互留電話，萬一臨時出了狀況，才可以互相幫助。

103.10.9　聯合報

帶人要帶心

前兩天去醫院探望多年好友小如。

她有好家世、好學歷、很好的工作能力，過完年卻被已工作五年的老闆解職了，她一時承受不了這樣的挫折，就做了傻事，還好平安無事。她一見我就淚眼婆娑地告訴我，她為了公司好，有時候對屬下要求是嚴格一點，但公司怎麼可以這樣對她？我握住她的手安慰她，妳是認真盡職的人，妳為公司好、很用心也沒錯，錯的是方式不是很周延，忘了帶人要帶心的道理。

她是公司的主管，屬下有八位女性，分別處理不同的業務。她是直性子，心直口快，屬下只要有一點不如她意，不管重不重要，她馬上當眾給對方難堪，絕不留餘地，讓屬下每天都提心吊膽的，就怕哪天不小心踩到地雷。

或許她從小到大一切順利，婚姻事業兩得意，造成她強勢的處世態度，所以有時候說起話來得理不饒人，尤其是對屬下。例如：今年年假是六天，但她的屬下只休兩天，另外四天都在加班。上班加班對她來說，或許覺得是應該很正常，但對有家小的職業婦女，在過年期間加班，多少會有來自家庭的壓力，所以過完年上班第一天，當她對著一位屬下大罵時，對方忍不住當場哭了。

此時她沒有把聲音放小，反而要對方若覺得委屈，就回家給老公養，不然就不要幹了，公司不怕找不到人。她多年來一直以這樣的方式來表達自己的意思。或許是不夠圓融，所以屬下的流動率很高，這是公司從未有過的情形，也因此引起上級的注意，只是她不知道，這也是造成她被解雇的原因。

我覺得現代的職業婦女，要家庭與事業兼顧很辛苦，要在職場上有耀眼的成績並不容易，必須把心情調適好，才能在應對進退上做得更完美。

希望她早日康復，並記取這次的教訓，重回職場發揮所學時，學會帶人要帶心，給彼此空間，這樣大家共事才會更愉快，一切能更順利圓滿。

103.10.15　人間福報

爸爸笑了

好久沒看到娟娟了，趁著中秋假期去看她，她是二十年前的同事。

那天到了她家，看她滿身大汗，我問她在忙什麼，她說八十多歲的老爸，幾年來中風加上偶爾的失智，把客廳當馬桶。她清理了一個多小時，再幫他洗好澡，換上乾爽的衣服。她邊說邊走近坐在櫃子旁的爸爸，彎下腰來捏著爸爸的臉頰問：爸爸！這樣有沒有舒服些？爸爸咧著嘴笑了。

她說：爸爸清醒時，會想要看看住在附近的兒子、孫子們，一切生活也會自理。偶爾失去記憶，什麼事都想不起來，忘了假牙放那裡、廁所在那裡。但不管在任何狀況下，只要洗好澡，問他舒不舒服時，他就笑得跟嬰兒一樣開心。她認為能讓父母笑，是她最大的責任，也是最大的安慰。

三十年前她結婚四年後，因老公外遇結束了婚姻，就帶著四個多月的女兒回家，幸好父母不顧兄嫂的反對，收留了她，讓她母女有容身之處。

就這樣，父母幫她帶女兒，她得以上班扶養女兒。最近幾年年邁的父母身體陸續出現狀況，她只好辭掉工作，專心地照顧兩老。媽媽還好，雖然百病纏身，但拄著拐杖，還能到附近公園散散步。

爸爸的狀況時好時壞，所以必須用心照顧。在家還好，一切都在掌控中，帶他們到户外走走時，常常會很緊張。有一次在樓下，爸爸看到車子，一高興，雙腳一軟，就癱在地上。因為她一時疏忽沒注意，加上爸爸身高體胖，心一急，反而扶不起爸爸。

這時正好被路過的弟弟看到了，弟弟沒過來幫忙，反而站在旁邊大罵，老的跌倒了，妳是怎麼顧的？她第一次為爸爸的病感到無助，而掉下傷心的眼淚，幸好有位穿著「板橋高中」制服的男同學，來幫她把爸爸扶起來。

從那次事件以後，她找時間去聽照顧老人的各種講座，希望能把父母照顧好，讓他們安享晚年。

她肯定父母的笑臉是她最大的財富，因為那代表著健康快樂。

103.11.11　聯合報

七萬塊的三明治

每天傍晚到公園散步，都會看到士賢陪著失智的父親在公園走動。因為一般的老人幾乎由女的外勞照顧，所以士賢的出現讓人很好奇。

他四十多歲，是科技界的小主管，兩年前原本有輕度失智的父親，因跌倒傷了腦部，經過數次的進出醫院治療，結果不理想，失智情形更嚴重，生活機能全失，一切得靠他人協助。

一開始有請外傭照顧，但父親不接受，不僅罵人，還動手打人，讓外勞一個個地跑掉，最後士賢只好辭掉工作，由自己來照顧父親。

聽說他要辭職時，上司曾要他好好地考慮，因為他薪資是七萬塊，在薪資不高的今天，放棄了很可惜。他的回答是：自己是上有老父、下有幼子的現代三明治，為了父親，他別無選擇，當時上司稱他是世界上最貴的三明

治。

其實士賢會辭職是為了報父恩，約五年前父親因車禍失血過多需要輸血，身為人子的士賢，很本能地就挽起袖子要救父親。但驗血的結果，兩人血型不合，進而發現他們不是父子。

為了證實自己身分，士賢問過所有他認識的長輩，結果他是高伯伯同袍的孩子。他的媽媽因生他而難產過世，他的爸爸在他兩歲時，得了重病也過世了，臨走時把他託付給當時還年輕的高伯伯。

高伯伯為了扶養他，放棄原來的工作，改在國小當校工，好讓士賢有機會接觸讀書環境。另外為了能專心教養士賢，他終生未娶。

聽到這兒士賢已泣不成聲，因為從小到大，他除了找父親要錢時，才會跟父親講幾句話，他總認為自己的父親又老又窮，好丟臉，所以即使自己結婚了，也不願意跟他同住，讓他成了獨居老人。

自從士賢知道自己的身世之後，他發誓要在爸爸有生之年，好好地陪他度過每個日子，所以從父親生病以來，他就當家庭煮夫，並照顧父親。

他很感謝老天給他贖罪的機會，讓他還來得及盡人子之孝，否則將遺憾終生。

103.12.2　聯合報

一切盡在不言中

這幾天秀春從南部北上，因為她的大兒子的寵物店要開張了，她來幫忙打點一下。

提起秀春，就讓我想起她的故事，四十年前她務農身無分文的爸爸，為了要買一台「耕耘機」來幫人耕地，賺點工錢貼補家用，就起了一個互助會，但沒想到被會員倒了六十萬元。

六十萬對她家來說是天文數字，債主三天兩頭地來家裡大吵大鬧，她的父母一夜之間白了頭髮，卻還是還不出錢來。秀春看到父母被逼得走投無路的窘境，身為老大的她，一心想著要如何幫父母的忙。有天她終於想到一個辦法，那就是她放出風聲，哪家願意拿八十萬出來，幫她家解決困難，她就嫁給他。

消息傳出後，附近開西藥房的陳家，就託人來提親。陳家二十七歲的獨子，六歲時因發燒過度就醫延誤，所以造成言語障礙，走路有點跛，但人長得很清秀。

一開始秀春的父母不答應，她們認為這樣秀春太委屈了，但秀春認為，這是難得的機會，只要她點頭，家裡的債就還完，剩下的還可以供弟妹們念書。

至於對方除了語言表達比較差之外，其他都正常，她相信這些外在因素不會影響她的婚姻，為了家人，她會慢慢去適應新的一切生活。

就這樣，她成了無言的結局下的新娘。進入婆家後，她用心地和另一半相處，用筆談也用心談，夫妻生活和諧恩愛。婆婆視她如己出，耐心地教她如何經營西藥行。

婆家生活愉快，兩個兒子相繼出生後，她顧店，老公帶小孩，忙中有樂。幾十年過去了，兒子已長大成人，都是學醫的，一個獸醫，一個牙醫。一個家栽培了兩個醫生，讓她們夫妻很開心。每次提起來時路，她總會樂觀地表示，因為另一半不善言詞，所以夫妻間不會吵架，也沒有外遇的問

題。

婚姻中少了問題就圓滿，因為相知，所以相惜，一路走來她很感謝婆婆和老公的疼惜，讓她的人生充滿歡樂。

104.7.10　人間福報

祖孫情深

這陣子好友因昏倒住進急診室，因無病床在急診室住了幾天。我只要時間允許就去看她，因常去我看到一個同樣在等病房阿嬤的故事。

她八十幾歲，有糖尿病。矮矮胖胖的她，失智、記憶不好，說話一直重複，視力模糊，整天都在嗜睡，精神好時才會說說話。床邊有兩個長得一模一樣、正在念研究所的孫子日夜陪伴。

她每天醒來第一句話就是滿臉喜悅地說：我明天要出院了！我的孫子很乖。遇到醫生或護士就說：辛苦您們啦！感恩喔！因她很樂觀，說話很窩心，所以聽到的人即使知道她明天不會出院，也會說：恭喜啊！

她的孫子真的很乖，一直陪在阿嬤床邊，阿嬤睡了，他們就看書或打電腦。阿嬤醒了，就陪阿嬤聊天，聊阿嬤的陳年往事，讓阿嬤笑哈哈。晚上六

點整，另一位來接班，兄弟倆一起幫阿嬤擦身體、換衣服。然後把阿嬤一整天的狀況記錄，包括所吃食物的量與種類，以及尿液的量、點滴幾瓶等等都交代清楚。

看到小兄弟倆對阿嬤無微不至的照顧，我很感動，會給予讚美，此時兄弟無意中聊起他們的身世。

他們剛滿四歲時，一向體弱多病的媽媽走了，所以他們對媽媽的印象很模糊，只記得媽媽出殯那天，家裡來了很多人，阿嬤跌坐地上，兩手環抱他們，哭著要媽媽放心，她會把小兄弟養大成人。

阿嬤不識字，不會教他們功課，所以他們從幼兒園開始，只要是開學日，阿嬤就牽著他們的手去見老師。阿嬤會把他們的狀況告訴老師，希望老師多關心，然後向老師深深一鞠躬。

他們認為阿嬤很有智慧，善用親情教導。小學時別人笑他們是沒媽的孩子時，阿嬤會教他們：我們有阿嬤愛一樣很好。國中叛逆不用功，阿嬤語重心長地說：你們不聽話學壞了，我怎麼對得起你們的媽媽？

從那次以後，兄弟倆以用功念書來安慰阿嬤，他們希望阿嬤早日康復，讓兄弟有回報的機會。

104.9.18　人間福報

感謝父母沒有留下恆產

那天在公車上，無意中聽到這樣一段對話，讓我感慨萬千。

一位七十多歲、滿頭白髮、矮矮胖胖的阿桑，對坐在「博愛座」的一對年約六十歲、背著背包、戴著草帽的姊妹花說：「真羨慕你們，感情這麼好，常常一起出國、一起爬山。」這時姊妹相視而笑，然後個兒較高的那位回答說：「這個就要感謝我們的父母了，因為他們沒有留下什麼財產，才讓我們不用因爭財產而傷了手足情。」

阿桑聽了她們的話，長嘆了一聲表示：自己家有四個兄弟姊妹，原本大家感情不錯。自己是老大住台北，兩個妹妹都住新竹，一個弟弟不是很機靈，四十多歲未婚，和媽媽一起住台北。她表示她爸爸在她十歲時過世，過世前牽著她的小手，要她往後多幫媽媽的忙，照顧弟弟妹妹。從此她謹記在心，也一直幫媽媽忙。長大後姊妹都結婚了，住不同縣市，因此只要有機會，身為老大的她，都會安排姊妹攜家帶眷地陪媽媽吃吃飯、聊聊天，讓媽媽高興高興。自從半年前媽媽過世後，一切都改變了。因為媽媽留下一百萬，她希望遵照媽媽的遺願，把錢全部留給弟弟，結果妹妹認為父母留下的，男女都可以平分，為此姊弟吵成一團，於是數十年的手足情，敵不過區區二十萬新台幣，她說著說著就哭了。

阿桑的故事好像很熟悉，因為媒體的頭條每隔一陣子都會出現同樣版本的新聞，有政商名流，也有演藝圈的，還有市井小民。大家為了錢，不管身分地位，不管會不會造成社會負面的影響，都可不顧一切撕破臉，你爭我奪，對簿公堂，讓手足之情毀於一旦，看了令人寒心。

看到這麼多為錢傷親情的故事，再想想這對姊妹花說的話，會覺得諷刺中還是有特別珍貴的親情，但願我們的社會像她們的例子越來越多，讓手足之情更融洽、更親密。

102.8.5 人間福報

因錯而獲

那天回美濃，在旗山車站等車時，發現要經過中壇的車子，還要等四十分鐘。平時遇到這種情形，我會改搭往六龜的，在美濃國中下車，再走路回家。

那天我無意中發現一台中型巴士，我沒有看得很清楚，只覺得車牌上有美濃二字，於是我放心地上車了。當車子離開旗尾橋後，好像駛進巷弄中，因為路不寬，而且有些彎曲。此時我問司機大哥，最近車子是否改道了？他表示沒有，車子一直就這麼駛的。

我「哦」了一聲。他問我要去哪兒，我告訴他：要回中壇。不過車子只要有到美濃，我就可以找到回家的路。他哈哈大笑地表示，這是賞花公車，是給觀光客搭的，要有景點的地方才會停車。我笑著表示，既然搭錯車，現在前不著村、後不著店的，只好到了美濃車站再下車吧！反正從美濃走回家也不遠。

車上沒什麼人，司機很熱心地一路介紹風景。那裡是廣善堂；那些又是都市人來美濃蓋的別墅；現在正在割稻子等等家鄉事。

車子很快進了美濃站，因沒有人上下車，車子繼續往前開。他告訴我，從美濃走到中壇實在太遠了。我回答：還好啦！我是經常從美濃國中走回家的。他表示既然這樣，就讓我在美濃國中下車。

下車前他熱心地提醒我，現在的天會熱死人，下了車先站在路旁，只要對騎機車的人揮一下手，一定會有人願意順便載一程，沒什麼關係的，大家都是美濃人。

他說：自己經常做這種事，必要時就向路人求助，結果不錯。我感謝他的好意，也告訴他五十多年前念美濃中學，就這樣走路趕著上下學，田埂小野草長諸多不便，三年也在不知不覺中過去了。如今把走路當運動，回家的路變得有趣輕鬆多了。

那天天氣涼爽，走在乾淨寬闊的產業道路上，身心舒暢。一望無際金黃的稻穗隨風搖曳，散發著陣陣稻香，伴著徐徐涼風，從四面八方簇擁而來，那屬於美濃得天獨厚的稻香味，把歸來遊子的心，緊緊地繫住。

紫得發光發亮、又粗又長的茄子，高高低低地垂吊著，在微風中努力地舞動身影，舞姿曼妙動人。而圳溝旁個子不高的木瓜樹，展現著驚人的生命力，雖然大大小小的木瓜把樹身都壓彎了，但它還是站在那兒稱職地孕育著瓜子瓜孫。

整條路上處處豐收的好景象，讓我不得不放慢腳步，細細地觀賞，慢慢地體會。因為季節交替，花開花謝，每一回回家所看到的收成都不一樣的。一樣的是永懷感恩的心，感謝大地之母的賜予，以及鄉親們努力揮汗的成果。讓我一直能以鄉親為榮，因為他們為這塊土地的付出，有了最好的見證。

真沒想到我因為無心的搭錯車，而擁有這麼豐盛的收穫。是誰說過因錯而過是損失，而我卻不這麼認為，畢竟我是因錯而獲的優勝者哪！

103.6.29　月光山雜誌

有六十分就不錯了

昨天去聽一場有關「夫妻相處」的演講。或許是近幾年來台灣的離婚率一直居高不下，所以主辦單位才設定這個題目。

老師自我介紹後就開始進入主題，由聽眾舉手說出自己的困擾，再由老師一一講解。

有人說：老公愛抽菸，怎麼講都不戒，結婚三十年來，夫妻常為這件事吵不停，甚至要離婚。老師聽後笑著說：既然三十年了都無法改變對方，那就改變自己吧！他又問：妳老公除了愛抽菸，還有什麼缺點？她搖頭表示，老公很疼她，三十年來的結婚紀念日和生日，老公不曾忘記。老師說：這就對了，人哪！沒有十全十美的，多想想對方的好，怨聲自然少了。

有位先生說：老婆愛打牌，經常深夜兩、三點才回家，二十年來他常勸老婆玩玩就好，別傷了身子。老婆屢勸不聽，夫妻常為此事傷和氣。老師聽

後同樣問對方：老婆有優點嗎？這位先生靦腆地回答：老婆長得很漂亮，還會作一手好菜，生的子女可愛，功課又好。大家聽了都給予熱烈掌聲。

有位結婚四十年的大姊說，她老公非常懶，她偶爾去旅行，老公換掉的衣服、吃過的碗盤就堆積如山，氣到她想離家出走。老師聽了說：真的很懶耶！難道他連一點優點都沒有嗎？這位大姊停了一下後表示，老公對雙親和對岳父母非常孝順，對她也疼愛有加。大家聽了又笑了。

就這樣，每位發言的人對自己的另一半都有說不完的抱怨，老師也很有耐心很技巧地化解，讓整個會場笑聲不斷。讓原本對配偶不滿的人，也有了不一樣的感受。

老師在演講結束時說：任何事物本來就很難完美，更何況有情緒、有思想的人。所以既然是夫妻，就彼此相互包容。

我想每個人若能把自己的要求降低一些，夫妻的相處一定會更圓融，因為一個人有六十分，雖是低空飛過，但兩個人加起來，就超過一百分，這樣就有了滿分的家庭了。

103.12.27　聯合報

家家有本老人經

我們這群平時一起爬山的朋友，幾乎家家都有八、九十歲的高齡長輩，於是聊天時，難免談到自家長輩的一些趣事。有的讓人哭笑不得，也有的讓人感動不已，真是無奇不有。

高大哥的爸爸，今年九十有二，有中度失智，他外出都拄拐杖，也有外傭相陪照顧。因為失智所以常常忘了自己是誰，家人的名字他也搞不清楚。但他卻記得費玉清唱過的很多歌，其中他最愛聽「挑夫」和「一翦梅」。因為他愛聽，所以每次鬧情緒、不吃飯或不洗澡時，家人放這兩首歌給他聽。他邊聽邊合，唱到開心時，洗澡、吃飯的事就迎刃而解。

無獨有偶，陳大姊八十多歲的婆婆，因中風不良於行，以輪椅代步。雖有請外傭，但她卻要陳大姊相陪，有時陳大姊有事外出，她就要脾氣大哭大鬧，此時只要把她推到電視機前，放蔡琴的「最後一夜」給她看，就萬事搞定。

林大哥的爸爸九十七歲了，失智多年，雖不認得親人，卻記得林大哥小時候的一切。每天林大哥陪他聊熟悉的陳年往事，再給他一張百元鈔票。他雖然已經不需要用錢，但會期待兩人的約會。

有時林大哥故意不出現，他會問看護：那個人怎麼還沒來？也就是說，他雖失智了，但某方面的事，又記得特別清楚。難怪有人說老人孩子性，而林大哥非常珍惜每個父子相處的時刻。

江大哥的媽媽才七十出頭，卻因為摔跤而癱瘓好多年了。江大哥雖有請看護，但每天晚上他一定坐在媽媽的床頭，講故事給媽媽聽。他認為不會言語的媽媽，是聽得懂他的話的。

因為每晚九點整，他幫媽媽換上尿布，在她額頭上親一下，並道晚安時，媽媽的眼尾會滲出眼淚來。他覺得有媽媽真好，能有機會陪媽媽，是他最開心的事。

家有老人是會有負擔，但能讓長輩有個快樂的晚年，相信是每個子女最大的心願。願全天下的老人天天開心。

104.5.12　聯合報

台灣最美的風景

大約半年前，我家屋後的公園，除了每天固定在這兒散步、跳舞、打拳的阿公、阿嬤之外，多了一位八十多歲、走路很慢、必須拄著拐杖、個兒小小的阿婆。

她頭髮花白，一隻手拄拐杖，一隻手拉著很舊的菜籃車，逢人就笑咪咪，看到寶特瓶，就撿起來放入菜籃裡。

由於她走路很慢，繞了大半天才撿了三隻空瓶。一開始大家以為她經濟有困難，在做資源回收，所以每個看到她的人，在運動時只要看到空瓶子，都會順手撿給她。日子一久，她的寶特瓶堆積如山，弄得她不知如何是好，要踩扁，要裝袋，她力不從心。

為了感謝大家的愛心，她才告訴大家，她有小中風，來公園散步是在做復健。在公園偶爾會看到空瓶子，她認為會汙染環境，於是帶菜籃車撿空瓶，沒想到大家誤會了，還一直幫忙。

她說她生活沒有問題，希望大家把對她的關懷，轉向給真正需要幫助的人。大家知道阿婆的心意後，每個人都發出會心的一笑，原來是大家會錯意了。但也從這件小小的溫暖上，讓我看到台灣人的熱情。

「蘇迪勒」颱風過境，造成很多樹木倒塌和路段塌陷。趁著風雨遠離，我們一群人去爬山，在入山口發現一堆磚塊。聽說山上的涼亭被颱風吹壞了，要整修需要用磚塊。當時我們心想，既然要上山，那就順便帶幾塊吧！反正人多好辦事。

那天當我們上山時，發現許多樹倒了，橫在路中央，為了大家的安全，我們合力把樹搬開，讓下一個上山的人，走起路來更順暢安全。一路上我們這麼做，但在下山的路上，我發現幾位男士，帶著鋸子把倒下的樹鋸成一節一節堆在路邊。這樣好讓要下山的人方便帶下山，透過大家的努力，相信很快會讓山恢復美麗乾淨的景緻。

有人說台灣最美麗的風景是人，我覺得很貼切，因為生活在這裡的每個

人，對周遭的人、事、物，都始終存著關懷之心。不管認識與否，或事是否關己，只要有機會，都會伸出援手，讓愛心處處飛揚，讓人性的善良表露無遺。

104.9.1　人間福報

因互補而完美

每天清晨四點多，鄰居郭大嫂就開著中型休旅車，載著郭大哥一起到蔬果批發市場，去批一些蔬菜、水果和海鮮回來，在菜市場賣。

四十年前她們夫妻本來在做貿易，後來因為退票太多，導致公司倒閉。當時四個孩子都在求學，又有高堂需要照顧，還有欠親戚朋友不少的債務。

在一無所有之下，夫妻兩人放下身段共同面對，希望能找到謀生的方法。經親戚的介紹，就先在菜市場租個攤位做點小生意。

剛開始他們認為，菜是每個家庭天天需要的必需品，因此賣菜沒什麼風險。更重要的是，賣菜不需要龐大的資金，每天有現金收入，不管多少，都可周轉。而且這樣的收入，對當時需要開銷的家，總會有直接的幫助。

在決定要賣菜之後，才發覺批菜需要一部車子才方便。親戚們借了他們買車的錢後，又發現夫妻都沒有駕照。郭大哥因色盲無法開車，此時嬌小玲瓏的郭嫂，只好站在第一線，勤練駕駛考上駕照。

就這樣，他們每天婦唱夫隨，天未亮就出門批發一些要賣的蔬果。回來後身高體壯的郭大哥開始卸貨，大嫂負責整理菜攤，兩人默契十足，胼手胝足地努力經營，數十年來如一日。

由於他們不僅工作勤奮，更親切待客，所以顧客越來越多，生意越來越好，相對地收入也增加了。不僅還完了債務，也購屋置產，更讓子女接受高等教育。

如今四十年過去了，他們做生意的經驗也豐富了，批來的貨色越來越齊全，讓婆婆媽媽們買得更開心。為了擴大營業，他們前陣子在菜市場買了一家店面。開店後工作更忙碌，但忙得眉開眼笑，因為在不景氣的時刻，生意能興隆是多麼難得的事。

郭大哥夫婦已七十多歲了，身體健康如昔，客人常問他們何時退休，夫妻總是笑著回答：能做就是福！一切隨緣吧！

我覺得上天真會安排，讓這對夫妻各展所長來完美一切。

103.11.29　聯合報

沒有人不想學好

欣儀是我多年好友，有陣子沒看到她，那天見到她，發覺她精神很好，我隨口問她：老大最近怎樣？她答：一切正常了。

她是多年前奉女成婚，儘管父母都反對，認為對方太年輕愛玩，擔不起一個家。但欣儀卻認為，對方結了婚後會改變的，所以堅持走進婚姻。

婚後對方的工作不穩定，加上孩子開銷大，所以夫妻常常吵架。儘管如此她又生了第二個女兒，家中的經濟更是雪上加霜，夫妻常為了錢大打出手，最後畫下婚姻的休止符。老公走人，留下兩個女兒給欣儀。

當時老大是小五，老二才小三。欣儀為了生活，身兼數職，整天都在工作，於是疏忽了兩個女兒的管教。大女兒經常逃學、翹課，甚至夜不歸家，小小年紀居然學會抽菸，相形之下，小女兒乖巧多了。

大女兒到了國中之後，常常和一些男的中輟生混在一起。有時喝了酒還會在路邊喧鬧，常被帶到派出所。她的行為讓欣儀很難過，又很無奈，因為她想不出什麼好方法來管教她。

兩年前的一晚，深夜兩點多了，我忽然接到她的電話，她希望我陪她去派出所領女兒。

當我們進了派出所，看到五、六個國中生，染黃色的頭髮，癱坐在各角落，等著父母來領回。

欣儀一看到女兒醉醺醺的，一氣之下把她拉到面前，就甩上兩個巴掌，還哭著罵女兒：為什麼就是不學好？我連忙上前把欣儀拉開，順手扶住她站不穩的女兒，並拍拍她的肩膀。女兒回嘴：沒有人不想學好，是妳給了我這樣的環境，我才變成這樣的。

她的話讓欣儀很吃驚，因為女兒說得沒錯，這些年她一直在工作，疏忽了對女兒的關心。從那次事件之後，她調整工作方式，花時間陪女兒唸書，也隨時地給予機會教育，讓女兒體會她的用心，如今終於正常了。

很多父母常說孩子不學好，其實沒有人不想學好，只是在不同環境裡，

沒有告訴他們什麼是對錯而已。

105.1.28　人間福報

其實妳賺得比我多

午後一場來得又急又快的雷陣雨，又把我們這群爬山的夥伴們，逼到涼亭裡躲雨順便話家常。

這群大約走過婚姻三、四十年的初老族，所談的都離不開老公、子女和一輩子都做不完的家事。談到老公，每個人的怨氣幾乎一個樣，就是嫌老公太大男人主義，不幫忙家事也就算了，要出門旅行，行李也不會準備，什麼都要老婆打理，幾十年來連一句「謝謝」都懶得說。她們不敢想像，那天自己先走了，這些男人怎麼生活喲！

這些話對結婚很多年的我來說，沒什麼好意外的，是常態，因為每個家庭情況大同小異，說不上對或錯，套句很多已婚男人說的，那是傳統文化，女人是吃虧點，但也因此讓人感覺，在家裡女人比男人更重要。

對這樣的生活方式，大家也都習以為常，所以聽了除了一笑置之，也沒什麼感覺。倒是玉嬌的一段話，讓我感動莫名。

她表示，最近這兩年，身邊的親友或同學都陸續地退休了，不管男女每個人都或多或少地領了一些退休金。大家都計算著如何過退休的生活，而她一輩子沒上過班，就沒有退休金，想到這兒，她覺得很對不起老公。

對這件事她耿耿於懷，有天她趁著晚餐時，對著老公說出心裡的話。沒想到她話一說完，那個平時不苟言笑的老公，忽然放下筷子，握住她的雙手，很認真地說：妳怎麼這麼說呢！其實這一路走來，妳比我賺得多，妳帶大三個孩子，又打理家裡，也從沒放過假。認真算起來，光保母費加上不休假獎金，以及超時的加班費，就已經超過我很多很多了，所以以後可不准再說這些話了。

玉嬌老公的話讓她非常感動和窩心，她認為結了婚，夫妻就該為家庭和子女付出，她只是盡本分罷了，沒什麼，沒想到老公這麼肯定她，還說出肺腑之言。

她的話讓大家眼眶紅了，原來我們要的不多，就一句貼心話而已。

104.9.15　聯合報

執母之手，與母同遊

作　　者／劉洪貞
出 版 者／生智文化事業有限公司
發 行 人／葉忠賢
總 編 輯／閻富萍
封面設計／黃建中
地　　址／新北市深坑區北深路三段 258 號 8 樓
電　　話／(02)26647780
傳　　真／(02)26647633
E - mail ／service@ycrc.com.tw
網　　址／www.ycrc.com.tw
ISBN ／978-986-5960-10-0
初版一刷／2016 年 4 月
定　　價／新台幣 250 元

總 經 銷／揚智文化事業股份有限公司
地　　址／新北市深坑區北深路三段 260 號 8 樓
電　　話／(02)86626826
傳　　真／(02)26647633

國家圖書館出版品預行編目（CIP）資料

執母之手，與母同遊 / 劉洪貞著. -- 初版. -- 新北市 : 生智, 2016.04
面； 公分

ISBN 978-986-5960-10-0(平裝)

555 105005037